KB270348

녹색 칼국수

김영민 소설집
녹색 칼국수

작가의 말

산길, 구불구불한 모퉁이를 돌고 있었다. 오른쪽은 낭떠러지 계곡으로 강물이 흐르고 있다. 나귀등에 짐을 가득 실은 짐꾼들 사이에 끼어가던 나는 그만 발을 헛디디고 낭떠러지로 떨어지고 말았다. 이것은 내 꿈속 기억의 한토막이다.

때로는 과거의 어느 순간이 불현듯 내 눈앞에 코를 바싹 들이대기도 한다.

늦여름 맨드라미가 굵은 줄기로 기를 세우며 뻗어 있는 우물가나 장독대를 지나칠 때면 아장거리며 걷는 나의 어린 모습이 환영으로 보이는 것 같다.

하늘 아래 새로운 건 없다고 했다. 누구나 아는 내용을 어떻게 다른 방식으로 표현하느냐가 관건인 소설 속에서 나의 몽환은 활개치고 있다.

내가 글을 쓰는 한 결코 환영과 환시에서 벗어날 수 없을 것이다.

도요토미 히데요시가 사망하자 그 밑에서 죽은 듯이 기다리던 도쿠가와 이에야스는 "길었다. 정말 길었다."고 했다. 딱 지금의 내 심정이다. 이 소설집이 나오기까지 나에게는 참으로 긴 시간이었다.

작품을 움켜쥐고 있자니 퍼내지 않은 우물에 새 물이 고이지 않았다.

비로소 옛것을 떠나보내며, 새로 고인 물을 퍼낼 희망이 싹틈을 알았다. 나이가 찬 자녀가 아직 부족하다고 혼인을 미룰 수 없듯이 미비한 작품을 쓰린 마음으로 떠나보낸다.

이번 작품집을 계기로 뒤를 돌아보며 그동안 얼마나 많은 은인들이 곁에 계셨는지 새삼 깨닫게 되었다.

오태석, 윤대성, 신대철, 윤후명, 김영현, 최규익, 방민호 교수님. 정말 감사합니다.

2010년 겨울

김영민

차례

로즈마리

로즈마리

　현관문을 연 관리인이 옆으로 비켜섰다. 집안이 직사각형의 동굴 같이 보였다. 내가 선뜻 안으로 들어가지 않자 관리인이 안을 흘끔 들여다보았다.

　"아, 스미마셍."

　관리인이 한 걸음 나아가 스위치를 켜자 비로소 실내가 환해졌다. 한 발을 내딛었다. 뾰족한 향이 코 속으로 들어왔다. 다다미 여섯 개 크기의 마루에 이단 서랍장과 텔레비전, 오디오가 있고 벽에는 에어컨이 걸려 있었다. 다만 눈에 거슬리는 것은 한쪽 구석에 밀어 놓은 얇은 여름 이불과 그 위에 아무렇게나 던져놓은 듯한 회색 반바지와 검은 티셔츠였다. 마루 한가운데, 꽁초가 잔뜩 쌓여 있는 갈색 유리 재떨이에 스나크 하나꼬라고 한글과 전화번호가 새겨져 있었다. 오사카에 온 지 보름쯤 지났을까. 퇴근길에 배가 고프다는 경희와 같이 간단한 분식이라도 먹으려고 할 때였다. 마침 Snack이라는 영어간판을 보고 걸음을 멈추었다. 자잘한 꼬마전등이 번갈아 반짝이는 입구가 좀 이상하긴 했었다. 결국 한국의 단란주점 같은 분위기에 놀라 급히 나온 적이 있었다. 스낵이라는 한국식 분식점과 스나크라 부르는 일본식 술집의 차이를 그때 알게 되었다. 그 당시 스나크 내부에 깔려 있던 빨간 카펫과 서너 개의 테이블, 좁은 스탠드바에서 속눈썹을 길게 붙인 눈을 동그랗게 뜨고 쳐다보던 앳된 여자의 얼굴을 생각하며 내가 재떨이를 계속 쳐다보자 관리인이 얼른 열쇠를 건네주었다.

"오케?"

관리인이 엄지와 검지를 동그랗게 말아 보였다.

"아리가또 고자이마스."

내가 고개를 끄덕이며 말하자 관리인은 서둘러 나갔다. 갈색 재떨이를 맨발로 쓱 밀자 곧 서랍장에 걸렸다. 내가 가져온 짐은 어깨에 멘 배낭과 기내용 캐리어가 전부였다. 등에서 한줄기 땀이 죽 흐른다. 텔레비전 위에 두 개의 리모컨이 있었다. 에어컨을 틀자 윙하는 거센 기계음이 들리더니 더운 공기가 훅 밀려나온다. 잘못 눌렀는지 다시 리모컨을 들여다보았다. 이내 소리가 착 가라앉으며 차가운 바람이 은근하게 발 끝에 내려왔다. 배낭을 내려놓고 화장실 스위치를 켰다. 예의 뾰족한 향이 더욱 진해졌다. 무궁화 세탁비누, 슈퍼타이 가루 비누, 샴푸, 린스, 치약, 칫솔, 연두색 이태리타월. 국산품 애용자인지 사소한 소품이 눈에 익었다. 이곳에 살던 이가 한국에서 온 지 얼마 안 된 것 같기도 했다. 유리 선반에 일회용 면도기가 서너 개 있고 쓰다만 남성용 스킨과 로션이 뚜껑이 헐렁한 채 놓여있었다. 우선 화장실 청소부터 했다. 정사각형의 욕조는 깊이 파여 있어 적은 양의 물로도 온몸을 푹 담글 수 있게 기능적이었다. 세정용품이 마땅치 않아 욕조에 가루비누를 적당히 뿌리고 이태리타월로 구석구석 닦았다. 곧이어 세면대와 바닥도 플라스틱 솔로 비비며 뜨거운 물을 뿌려대자 온몸이 땀으로 범벅이 되었다. 유효기간이 삼 개월로 정해진 핸드폰이 울렸다.

"언니야?"

대뜸 경희의 목소리가 튀어나왔다. 몇 시쯤 됐을까 잠시 생각해 보았다.

"여기 끝날 시간 다 됐어."

솔 톤으로 약간 높은 경희 목소리는 고음으로 인해 듣는 이의 마음을 급하게 만들었다. 어서 청소를 마쳐야 할 텐데.

“언니, 뭐 좀 사갈까?”

당장 저녁거리가 문제였다.

“김치 사야겠지?”

“그래.”

나는 별 말이 필요 없었다. 늘 경희가 묻고 내가 미처 생각하기도 전에 답까지 다 말해 버렸다. 헤어진 전 남편은 굼뜬 동작과 표정 없는 내 얼굴을 보면 숨이 막힌다고 했다. 반면에 경희 남편은 그 애의 촐랑거리는 행동이 경박하다고 떠나 버렸다. 내가 아는 경희는 말과 행동이 민첩할 뿐, 결코 본데없거나 되바라지지는 않았다. 화려한 치레에 더러 오해를 받기도 하지만 경희는 신경 쓰지 않는다. 여덟 시가 다 되어가고 있다. 지금 매장에서는 매출액수와 영수증을 맞추고 있을 것이다. 뒤이어 의류 행거에 흰 천을 씌우고 불을 끌 것이다.

이불을 개어 한쪽 구석에 밀어놓고 흐트러져있던 옷가지는 가지런히 그 위에 얹어놓았다. 재떨이를 비우고 마룻바닥을 닦았다. 싱크대 밑의 개집만한 냉장고를 열었다. 반쯤 남은 생수 한 병과 유효기간이 보름이나 지난 500ml 우유 한 팩, 계란 두어 개와 바싹 마른 풋고추 몇 개가 있을 뿐이었다. 캐리어에서 쌀을 꺼내 씻어 놓고 스테인리스 냄비뚜껑을 열었다. 곰팡이가 뽀얗게 슬은 두부가 서너 조각 들어있었다.

한쪽 눈을 질끈 감고 두부는 변기에 버리고 냄비는 뜨거운 물로 재빨리 씻어 버렸다.

몸매가 호리호리한 경희는 배고픈 걸 참지 못한다. 당장 먹을 밥이 없으면 눈물이 글썽이는 것을 나는 신기하게 바라본 적이 몇 번인가 있었다. 서울의 동대문 시장에서, 밤 열두 시 전후로 아무리 바빠도 그 애는 배가 고프면 장사고 뭐고 매대 밑에 쭈그리고 앉아 입 속에 밥을 밀어 넣었다. 좁은 통로를 비집고 다니는 소매상들의 부대낌에서 먼지가 엄청날 텐데 그런 건 안중에 없었다. 새벽 서너 시쯤이면 한산해지건만 경희는 '이따가' 밥 먹자는 얘기를 듣지 않는다. '우선' 밥 먹고 일하자는 주의다. 한 번 거른 끼니는 놓쳐 버린 참새처럼 영원히 돌아오지 않는다는 거였다.

밥물이 넘치지 않게 가스 불을 약하게 켜놓고 땀에 전 옷을 벗었다. 물먹은 모슬린 원피스가 양손에 쏙 들어왔다. 섬유 린스를 쓰려고 뚜껑을 열자 비로소 뾰족한 향의 근원을 알았다. 정전기가 일면 가뜩이나 얇은 천을 통해 몸매가 다 드러날 것이다. 잠시 망설이다 적은 양을 뿌리고 양손의 엄지와 검지를 갈퀴처럼 구부려 헹궈냈다.

경희 역시 배낭을 메고 기내용 캐리어를 끌고 왔다. 배낭을 내려놓기가 무섭게 경희는 밥 타령이다. 경희가 사 온 배추김치, 깍두기를 밥상 없이 마룻바닥에 늘어놓으려니 신문지 한 장도 아쉬웠다. 허기는 쉽게 가셨고 앞으로 살아갈 일은 체증이 되어 가슴에 얹힌다. 수지 엄마가 처음으로 오사카 동대문 매장을 분양한다는 얘기를 꺼낸 것이 벌써 6개월이나 지났다. 그때만 해도 나와 경희는 이렇게 엮여 올 줄 상상도 못했다. 서울에 있을 때는 그럭저럭 불편함 없이 생활하면서 적은 액수지만 저축도 했었다. 처음 동대문 시장에서 일할 때는 저녁 여덟 시에 출근해서 다음날 아침 여덟 시에 끝나는 일이 버티지 못할 것 같았다. 그래도 습관이 얼마나 무서운지 거꾸로 인 그 시간이 서서히 몸에 배여 들었다. 오히려 한밤중의 정신이 더 온전한지가 벌써5, 6년이 지났다. 내가 동대문 시장에 들어왔을 때 경희는 이미 몇 해인가의 경력이 있었다. 장사를 시작했을 때만 해도 장사치들은 드셀 거라는 생각에 나는 주변 상인들과 쉽게 친해지지 않았다. 겉으로는 나이와 상관없이 언니, 언니해도 그 곳 여자들은 누구네 어떤 품목이 대박인지 주의 깊게 살피다가 잘 팔리는 물건은 똑같은 걸 갖다 대서 결국 찢어 먹기 식이 되었기에 얼굴은 웃어도 속으로는 모두 경쟁자에 불과했다. 나와 마주보는 매장의 경희는 첫인상이 별로 좋지 않았다. 아무리 후텁지근하다고 거의 수영복 수준의 끈 달린 쫄티에 핫팬츠를 입고 짙은 화장과

요란한 귀걸이, 미국의 흑인 여가수 도나써머 같은 염색 파마
가 완전 '나가요'였다. 한숨이 푹 나오며 그 애와 친해지기는
커녕 한가한 시간에 얼굴 마주보기도 머쓱했다. 그러나 하루
이틀 지나다보니 경희는 여간 싹싹한 게 아니었다. 내가 화장
실에 급히 다녀오면 나 없을 때 옷가지를 팔았다며 생색 없이
돈을 건네 줄 때는 고맙기도, 미안하기도 했다. 나와 별로 친
하지 않아서 손님이 오면 잠깐 기다리라고 해도 그만일 텐데
굳이 허리 높이의 불편한 매대를 짧은 옷을 입고 기어 나오기
는 쉬운 일이 아니었을 것이다. 내가 고맙다고 냉면을 시켜주
자 맛있게 먹는 모습이 보기 좋았다. 경희는 세 살짜리 딸이
있는 것과 이혼하고 친정엄마와 같이 사는 것을 스스럼없이
말했다. 내 애기를 거의 하지 않는 나를 다그쳐 이거저거 묻
지 않는 것도 마음에 들었다. 어려서부터 가난에 시달리고 전
남편에게 가방 끈 짧다고 서러운 꼴을 당한 탓인지 경희는 나
이에 비해 지쳐 보였다. 동대문 매장에서 몇 년을 같이 지낸
경희와 나는 자매나 다를 바 없었다.

　올봄에 수지 엄마가 바람을 넣지만 않았어도, 떼돈 벌어
점포 두어 개의 임대료나 챙기며 노후를 보낼 꿈은 꾸지 않았
을 것이다. 그랬다면 이 더운 여름, 낮에는 매장에서 에어컨
추위에 떨다가 닭장만한 방에서는 새벽한기에 온몸이 오그라

들지 않았을 것이다. 봄부터 서류를 준비해서 오사카 매장을 계약하고 서울의 동대문 매장은 정리했다. 지하 1층을 비롯해 5층짜리 오사카 동대문 매장이 칠월 초에 개장하자 전 매장의 상인은 꿈에 부풀었다. 그러나 개장한지 일주일이 지나자 금세 매장이 한산해지며 에어컨 때문에 양 팔뚝을 비비는 횟수가 많아졌다. 휴가철이라 그러려니 한 게 아무래도 심상치 않았다. 서울에서 상인을 끌어 모은 기획사가 제공했던 맨션은 한 달이 지나자 정식계약을 하자고 사무실로 한 사람씩 불러냈다. 상인들은 계약을 거부했다. 애초에 말했던 월세 외에 느닷없이, 일 년 뒤 소멸되는 보증금 십만 엔을 내라는 거에 상인들은 분노했다. 일본어에 서투른 상인들이 매달 아르바이트생에게 지불하는 비용과 월세를 내고 나면 적자가 아닌 매장이 없었다. 더구나 벌이는 시원찮은데 생활비는 열 배의 환율로 생각되니 상인들은 저녁때 매장 문을 닫고나서 함께 어울려 밥 한 끼, 술 한 잔도 나누기 어려울 정도로 쪼들렸다. 더구나 기획사가 약속했던 삼 개월의 비자도 받아주지 않아 보름짜리 비자에 맞춰 서울에 드나드는 경비가 서서히 숨통을 조여 왔다. 무엇보다 서울 동대문 시장의 활기에 상인들은 기가 죽어서 돌아왔다. 이런 식으로 가다가는 가을 상품을 풀지도 못할 거 같았다. 맨션의 정식계약을 거부하는 상인들은 집을 옮겨야 했다. 이참에 아예 매장까지 정리하는 경우도 있었다. 겨우 한 달 치 월세를 밀린 채 매장 상품을 포기하고 몸만 빠져나간 이도 있었다. 하기야 월세를 내고 물건을 빼내 킬로그램 단위로 수화물 요금을 물 바에는 그냥 내 빼는게 남는 장사였다. 가는 이들은 오히려 기획사에 사기를 당했으니 소송을 걸어야 한다며 쫓겨 가는 며느리처럼 목청을 높였다. 일본을 떠나던지 아니면 다른 숙소를 알아보느라 상인들은 바빠졌다. 각 점포에서 아르바이트를 하던 유학생이나 재일 교포 아주머니가 졸지에 구세주로 돌변했다. 일본의 맨션은 아무리 돈이 있어도 거주민의 보증이 없으면 방을 얻을수 없었다. 보증인을 구하려고 부동산의 브로커를 통하면 적어도 보증금만큼의 액수가 더 필요했다. 그런 어려움을 이용해 기획사는 시세보다 비싼 보증금을 내세운 거였다. 그래도 정작 방을 얻으려는 상인들은 의외로 빨리 적응했다. 여자들은 유학생들의 방으로 은근슬쩍 끼어들었고 남자들은 007가방 하나로 캡슐 호텔에 드나들었다. 한국에서 이 고생을 하면 떼 돈 벌겠다며 상인들은 억척스럽게 버텼다.

밥 냄비의 누룽지로 숭늉까지 끓여 먹고 난 경희가 설거지를 끝내고 샤워를 했다. 텔레비전에서는 계속 먹는 프로만 나온다. 출연진이 '스고이'를 연발하며 놀라운 표정으로 맛있음을 강조했다. 못 먹어 죽은 귀신이 붙었는지. 하기야 식당에 가면 반찬 하나도 돈을 받는 냉정함은 우리나라와 확연히 구별되었다. 매장에서도 유독 일본인 아르바이트생은 절대 음식 나눠 먹는 걸 본 적이 없다. 한국에서 시집온 젊은 여자들은, 동네의 일본 주부들을 흉보았다. 애들 엄마들이 모였을 때 대접하는 게 겨우 녹차 한 잔이고 조금 인심썼다하면 엄지손가락만한 찹쌀떡 한 개뿐이라고 입술을 삐죽였다. 내가 일본에 대해 아는 게 뭐가 있나, 그저 금각사를 배경으로 서있는 게이샤 사진의 그림엽서가 생각날 뿐이다. 연분홍 기모노를 입고 흰 밀가루를 뒤집어 쓴 것처럼 허연 분을 칠한 얼굴, 입술에 칠한 립스틱은 흰 눈 위에 떨어진 핏방울처럼 새빨갛다. 종달새처럼 오종종한 작은 발은 흰 버선에 싸여 게다를 꿰어 신고 사쿠라 꽃무늬 양산을 받쳐 쓰고 있는 사진처럼 막연함 외에는 딱히 손꼽을 게 없다. 이제 와서 세심한 시장조사 없이 선뜻 일본으로 거처를 옮긴 내 처신이 한심했지만 수지 엄마 같은 베테랑 장사꾼도 여기 와서 낭패를 본 마당에 지나간 일보다는 앞으로가 문제였다. 수지 엄마는 고수답게 점원을 유학생으로 쓰지 않고 부인복을 잘 팔 수 있는 중년의 한국여자를 구했었다. 결혼 초에 이혼하고 부산에 살다가 서른다섯에 일본인과 재혼해 들어왔다는 그녀를 사람들은 요시

다 상이라고 불렀지만 나는 그 호칭이 어색해서 그저 '저기요'
라고 불렀다. 수지엄마는 표 안 나게 매장을 정리하는 눈치지
만 장사하는 상인들이 그 눈치를 모를 리가 없었다.

젖은 머리를 수건으로 감싸고 나온 경희는 마냥 태평하다.

"언니, 섬유 린스에서 나는 로즈마리향 내가 좋아하는 건
데 어떻게 딱 알고 이 집에 있냐."

내 얼굴이 찌푸려 졌나보다.

"언니는 안 좋은가보네, 저 향이 머리를 맑게 해 준데."

나는 오히려 머리를 감싸 쥐고 싶다. 그 향이 코를 뚫고 들
어와 머릿속을 헤집는 것 같다. 전 남편의 셔츠자락에서 이
향이 풍기면서 남편은 멀어져 갔다. 경희는 캐리어에서 스킨
을 꺼내며 말한다.

"여기가 섬나라라서인지, 아니 오사카가 항구 도시라 그런지
수돗물에도 소금기가 있나봐. 얼굴에 땀구멍이 벌집같이 벌
어졌어."

그러고 보니 내 얼굴도 예전 같지 않았다.

"그나저나 일층에 들어오는 입구가 장난 아니더라, 허구한
날 드나들라면 골 좀 아프겠어."

사실 나도 이 맨션이 내키지 않았다. 경희가 저렇게 말할
정도면 꽤 심각하다는 소리다. 웬만해서는 대충 넘기지 굳이

말하는 성격이 아닌데. 워낙 급하다보니 이거저거 따질 여유가 없었다. 아무래도 수지 엄마에게 기대다보니 자연스레 요시다 상을 너무 믿은 게 아닐까 은근히 걱정되었다. 수지 엄마는 가끔 우리 매장에 와서 커피를 마셨던 터라 누구보다 우리 처지를 잘 알고 있었다. 수지 엄마는 가게를 정리해도, 성수동에서 남편의 의류공장이 잘 돌아가고 있었다. 그 집이야 일본에서의 실패는 경험으로 치면 그만이지만 나와 경희는 다시 시작하기에는 잃은 게 너무 많았다. 갈 때 가더라도 재기 할 불씨를 건지려고 우리는 허우적거렸다. 남으려면 방을 구해야 했다. 수지 엄마 얘기를 듣고 요시다 상이 제안을 했다. 경희는 매장에 있고 내가 나섰다.

요시다 상을 따라 쯔루하시역에서 두 정거장 지나 이마자또역에서 내렸다. 뜨거운 햇살이 살을 찌를 듯이 내리꽂히고 있었다. 요시다 상은 경상도 사투리가 하도 심해서 다른 지방의 일본어를 듣는 것 같았다. 요시다 상이 대나무가 프린트된 양산을 같이 쓰자며 들이밀었지만 끈끈한 습기가 달라붙은 팔뚝끼리 부딪히고 싶지 않아 그냥 핸드백으로 이마에 차양을 달고 쫓아갔다. 오사카에 온지 십 년이 넘었다는 요시다 상은 첫눈에 한국인 같이 보인다. 한국과 일본의 아주머니를 단번에 구별하려면 옷이 아닐까 싶다. 일본인은 원색에서 서너 단계를 거쳐 탈색한 듯 무딘 색이지만 디자인이 독특한 반면 한국인은 색깔은 선명하되 디자인이 평범한 옷을 즐기는 거 같았다. 이마자또 거리도 쯔루하시 못지않게 한국 간판이 많았다. 더구나 오사카에서 처음으로 한국 PC방을 볼 정도였다. 대부분의 한인 가게는 먹을거리 장사가 주종을 이루고 있었다. 요시다 상은 웬만한 한국가게는 거의 알고 있는 눈치였다. 그 지역의 중심가쯤 되는지 상권이 꽤 번창한 지역에 맨션 건물이 있었다. 재빨리 들어가는 요시다 상 옆으로 스나크 하나꼬가 보였다. 엘리베이터 앞에서 담배를 피우던 한국 아가씨 서너 명이 요시다 상에게 아는 척을 했다. 그 순간 이게 아닌데 싶었다. 방은 어수선했고 무엇보다 뾰족하게 코끝을 찌르는 향이 맘에 들지 않았지만, 주인이 도쿄에 갔기에 보증금 없이 두 달은 쓸 수 있다는 말에 이거저거 묻지 않았다. 더도 말고 그 정도 기간이면 일본에서의 체류문제가 판가름 날 것이었다. 상인중에는 비교적 여유자금이 있는 사람끼리 모여서 도쿄로 간다고도 했다. 활달하던 경희가 요즘에는 말수가 적어졌다. 서울에서 오로지 경희의 수입에 의지하는 가족을 생각할수록, 나는 경희 얼굴 보기가 민망해졌다. 애초에 오사카에 오려고 바람이 든 건 나였으니 없지 않아 경희는 나를 원망 할 것만 같았다. 나는 빈손으로 돌아가는 일보다 경희의 말없는 원망이 더 두려운 건지 모른다.

복잡한 생각이 언제 끊겼는지 허겁지겁 일어난 아침이었다. 김 한 장에 밥과 김치 몇 조각을 넣고 돌돌 말아 썬 조각을 몇 개 집어먹고 급하게 일층으로 내려왔다. 맨션 입구가 비좁을 정도로 자전거가 꽉 들어차 있었다. 이마자또의 아침과 저녁은 딴 세상 같았다. 구겨진 낱장의 신문지가 흩어져 있고 아무도 없는 길에서 쓰레기 봉지를 뒤지는 까마귀는 내 과거의 기억 어디에도 없었다. 까마귀 울음소리라도 들릴 때면 경희와 나는 몸서리 쳤다. 특히 비 오는 날 검은 우산을 쓰고 가다가 비 맞은 까마귀를 보면 너무 무서워서 우리는 야광우산을 하나씩 샀다. 그래도 차라리 아침시간은 견딜 만 했다. 지갑이 얇을수록 배는 왜 그리도 고픈지 매장의 불을 끄자마자 우리는 거의 주저앉을 지경으로 지하철역으로 갔다. 이마자또역에서 내려 집으로 오는 저녁시간은 아침에 본 거리가 아니었다. 웬만한 식당이면 문 앞에 걸려 있는 붉은 왜등이 내 눈에는 마치 상갓집 등으로만 보여 생각만 해도 섬뜩했다. 맨션 입구가 늘 문제였다. 맨션이 가까워지면 경희는 눈을 내리깔고 내 팔을 꼭 잡았다. 스나크 입구에는 여자 서넛이 쪼그리고 앉아 담배를 피우고 있었다. 그 주변에는 검은 색 양복을 입은 두어 명의 남자들이 감시인지 보호인지를 하는 듯 했다. 경희는 발끝을 보고 걷고 나는 얼굴을 보란 듯이 쳐들었다. 경희의 왼 손에 든 비닐봉지에는 점심시간에 사다놓은 파 잎이 늘어져 너덜거릴 때가 많았다. 반찬을 제대로 해 먹지도 않는 터에 정작 파를 먹을 일은 거의 없었다. 아무리 파 잎이 너덜거리는 봉지를 들고 있어도 경희는 동네 아낙으로 보이지 않았다. 저녁을 먹고 나면 퉁퉁 부은 발을 주무르다 곯아 떨어졌다. 전등은 켜있고 텔레비전도 틀어놓은 채로 깨어나기 일쑤였다. 하루 종일 낯선 말을 들으며 손님 눈치를 보는 일은 정신을 혹사시켰다.

매상은 갈수록 떨어지고 상인들은 쉬지 못해 얼굴색이 노랗게 바랬다. 상인회에서 의견을 모아 정기휴일을 건의했다. 그 동네의 중심인 쯔루하시 시장에 맞춰 우리도 수요일에 쉬기로 했다. 상인들과 수요일에 만나서 오사카 시장조사를 다시 하기로 했다. 경희에게 공휴일 하루를 온통 잠만 자라하고 나는 상인들과 신사이바시로 나갔다. 일이 꼬이려면 이렇게도 되지 싶었다. 석 달 전 동대문 상인들이 단체로 오사카에 왔을 때는 말 그대로 열 배의 환율이 시행되는 상권만 눈에 띄었는데 이제는 어딜 가나 중국 상품이 판을 치는 곳만 보였다. 일본제품을 젖혀놓았을 때 중국산보다 비싼 한국의류는 아슬아슬한 중국의 추적에 쫓기고 있었다. 석 달 전에는 왜 지나쳐 버렸을까. 상인중에 비교적 일본통으로 불리는 권 사장이 오사카 항 근처 난꼬에 있는 상가로 일행을 이끌었다. 토레이도센타역에서 많은 승객이 내렸다. 그렇게 많은 사람 들이 움직이는데도 말소리는 거의 들리지 않는 게 희한해서 주변을 둘러보았다. 거의가 고개를 15도 아래로 꺾고 기계로 찍어 내 듯이 떠밀려 가는 것 같다. 통로가 끝나는 곳에 대형 통유리 문이 있었다. 문을 나서자마자 비릿한 바다냄새가 끈 끈한 습기를 품고 확 덮쳐 왔다. 푸른색이 너무 짙어서 감청 색으로 보이는 바다를 보고 별다른 감흥이 일지 않는 게 오히 려 이상했다. 경희라면 좋았을까? '난 복잡한 산보다 단순한 바다가 좋아' 하던 경희의 어린애 같은 표정이 생각난다. 하 기야 휴양도시가 아닌 상업도시 항구에 부두만 있으니 낭만 적인 해변의 모습은 보이지 않았다. 사람이 꼬이는 곳에는 반 드시 그곳에 걸맞은 테마를 잡아 상권을 키우는 일본 스타일 이 여기서도 나타났다. 오나가나 헬로우키티 인형은 왜 그리 도 많은지. 여기도 한 두 곳을 빼고는 거의 모든 제품이 중국 산으로 깔려 있었다. 일본인이 디자인하고 중국에 하청을 줘 서 해오는 의류는 한국제품에 비해 손색이 없었다. 이 정도에 서 손을 들어야 하지 않을까. 시내를 돌고 제품을 비교하면 할수록 상인들은 진이 빠졌다. 만약 우리 일행이 오사카 관광이라도 왔다면 오사카 항을 바라보며 근사한 식당에서 우아한 식사라도 할 것이다. 나는 기껏, 건더기는 별로 없고 소스와 밥만 많은 카레를 시켜 허한 뱃속을 꾹꾹 양으로 채우며 한국의 오뚜기 카레를 떠올리고 있었다. 오사카에 와서 첫 달은 몸무게가 3kg이나 빠지더니 지금은 오히려 올 때 보다 늘었다. 속상할 때도 외로울 때도 밥 심으로 견딘 탓이다. 경희는 배추줄기에 물이 많아 퍼석퍼석한 배추김치나, 무를 씹으면 가끔 삼베 같은 심이 나오는 깍두기라도 없으면 밥을 못 먹었지만 나는 먹는 게 무던했다. 김치가 있으면 먹고 없어도 그만이었다. 쌀밥에 우유를 부어 소금을 슬쩍 뿌리고 곰탕이라고 먹어대는 나를 경희는 찡그린 얼굴로 쳐다봤다. 내 전생이 양반은 아닌 모양이다. 먹는 거에 까탈 없이 아무거나 적응하는 거 보면 나도 내가 낯설었다. 김 두 장에 간장 3순갈이면 한 끼가 뚝딱이라니. 뛰어난 적응력이 놀라울 뿐이었다.

저만치 맨션이 보이자 발걸음이 빨라졌다. 어서 두 다리를 뻗고 싶었다. 엘리베이터 문이 열렸다. 요시다 상이 내리며 나를 보고 어색하게 웃는다. 그러고 보니 요새 매장에서 요시다 상을 못 본 거 같았다. 수지 엄마는 사흘 뒤에 떠난다. 떠나는 상인들이 한 푼이라도 더 건지려고 원가보다 싸게 파는 바람에 남아 있는 상인들은 제 값을 받기 어려워졌다. 빈 매장은 지하 창고의 압수품으로 또다시 채워 질 것이다. 매장의 빈 공간은 서서히 넓어지고 약삭빠른 손님들은 마음에 드는 옷을 떨이로 사려했다. 매장에 있다 보면 시치미 뚝 떼고 일본인 행세를 하다가 옷값을 지불 할 때는 '싸게 해줘요.'하며 본색을 드러내는 한인들이 많았다. 정작 일본인들은 10%의 소비세를 붙이는 것에 익숙해 있고 가격표를 인정하지만 한인들은 세금도 깎고 가격도 직접 정하는 거에 당황한 적이 많았다. 그 사람들은 일본인 가게에서는 꿈도 못 꿀 일을 한국인 매장에 와서는 마구 저지르는 것이다. 그나마 이제 소비세 받는 것은 고사하고 티셔츠 한 장 사려는 손님에게 절이라도 할 판이었다. 중심가와 난꼬의 시장조사는 내게 확신을 주었다. 예부터 관서지방의 상권을 쥐고 흔들던 오사카는 문화를 중시하는 일본의 전통도시와는 역사적으로 근본이 달랐다. 진작 철수했어야 했다.

빈 커피 잔 두 개를 앞에 놓고 경희는 무릎을 끌어안은 채 얼굴을 파묻고 있었다. 엘리베이터 앞에서 만난 요시다 상의 어색한 웃음이 생각났다. 여자 나이 사십이면 귀신도 본다고 했다. 고개를 든 경희의 눈동자가 흔들리고 있었다. 언젠가 경희는 아이 땜에 발목을 잡힐 것 같았지만 그 일이 여기서 일 줄은 몰랐다. 나와 경희는 여기서 철수하면 빈손이다.

배운 게 도둑질이니 서울에 돌아가면 다른 점포의 여성복을 팔 수 밖에 없다. 딸린 식구 없는 나와 달리 경희는 저 하나만 바라보는 가족의 시선을 견디기 어려울 것이다. 꼴뚜기젓한 가지로 물 말은 밥을 먹으면서 서로 눈치만 보고 있었다. 보지도 않는 텔레비전을 켜놓은 채 우리는 각자 생각에 잠겼다. 경희가 냉장고에서 캔 맥주 두 개를 꺼내 내 옆으로 다가왔다.

"요시다 상이 뭐라던?"

경희의 눈이 동그래졌다. 그리고 곧바로 고개를 숙였다. 스나크 하나꼬에서 일 년만, 일 년만 꾹 참고 일하면 재기할 밑천이 생길 거 같다고 했다. 우선 선금 일천 만원을 받고 나머지는 갈 때 받기로 했단다. 코웃음이 나왔다. 나는 요시다 상을 믿지 않는다. 그러나 경희는 왜 요시다 상에게 의지하는 것일까. 그런 중요한 일을 내게 한마디 상의도 없이 결정한 경희가 섭섭했다. 친자매보다도 가깝다고 생각한 건 나만의 착각이었을까. 경희를 설득할 자신이 없었다. 경희가 내 친동생이었다면 머리채를 휘어잡아서라도 끌고 갈 것이다.

천근만근 무거운 몸을 일으켜 세웠다. 갈 때 가더라도 매장에 있는 옷가지를 최대한 처분해야 했다. 젖은 머리를 빗다가 뒤쪽에서 엉킨 머리를 빗어 내리며 조금 힘을 주었을 뿐인데 연두색 빗 이빨 두 개가 톡톡 부러졌다. 기분 나쁜 것보다도 어서 출근해야 된다는 생각이 앞섰다. 이 집에 들어와 텔레비전과 에어컨, 냉장고 외에는 CD플레이어조차 켜보지 않았다. 행여 쓰던 빗이라도 있을까 해서 서랍장의 맨 위 서랍을 열어 보았다. 아무것도 없었다. 나머지 서랍도 열어 보았지만 마찬가지였다. 두 달 간 도쿄에서 볼 일 보고 온다는 사람이 오히려 챙겨 갈 칫솔은 놔두고 다른 자잘한 물건은 하나도 없다? 어쩌면 처음부터 요시다 상이 계획한 게 아니었을까. 심란할 경희와 같이 옷 정리를 하는 게 내키지 않아 매장에 혼자 나갔다. 끝이다 생각하니 모든 옷이 다 쓰레기로 보였다. 누구든 매장의 옷을 집었다 하면 무조건 백 엔을 받고 줘버렸다. 옷에 있는 갖가지 무늬들이 튀어나와 내 목을 조를 것만 같아 어서 벗어나고 싶었다. 파친코로 떼돈을 번 이 건물 주인은 무슨 베짱인지 모르겠다. 매장 개장식 때 건물 귀신을 달래고 구슬리는 제사도 지내지 않고 시작했으니 이런 결과가 온 게 아닐까. 오사카의 주택가 골목길을 걷다 보면 어느 순간 팔이나 등 한쪽이 오싹해지는 때가 자주 있었다. 순간적으로 느껴지는 게 귀신이었다. 골목 한가운데 쯤 우체통만한 신전에 향을 피워놓고 희고 노란 국화가 꽂혀 있는 곳을 지날 때가 아니라도 흔히 있는 일이었다. 아무래도 건물

터주신이 노해서 그 안의 모든 점포가 망한 거란 말을 상인들
은 수시로 해댔다. 기획사 측은 이 빠지듯 비어 가는 빈 점포
를 채우기에도 한계가 있었다. 떠나는 사람들은 남은 이를 위
해서 저녁을 사는 일이 종종 있었다. 비록 초라하게 떠날지
언정 그들은 한국에 간다는 것만으로도 선심 쓸 여유가 생기
는 모양이었다. 매장 물건은 알맹이가 다 빠져서 후줄근한 옷
가지는 캐리어로 서너 개 분량이었다. 하루 정도 팔고 접어
야 될 것 같았다. 쯔루하시에서 이마자또의 중간쯤 되는 거
리였다. 한식집에서 이십 여명의 상인들이 모여 저녁을 먹었
다. 남자들이 진로소주에 매달리는 모습이 마음을 착잡하게
했다. 식사가 끝나고 이어지는 애기들, 오사카에서 판을 벌인
다음부터 들었던 말들의 재생 테이프를 돌리는 거와 다를 거
하나 없었다. 그 많은 문제점을 눈앞에 두고 결국 아무도 해
결하지 못한 일이었다. 떠나는 수밖에. 하루라도 빠르면 빠
를수록 손실을 줄일 것이다. 큰일을 앞에 두고 남자들은 실
속 없이 소리만 요란하고 약삭빠른 여자들은 남들과 의논도
없이 재빨리 철수해 버렸다. 더 긴 애기도 필요 없다. 그들이
콩이야 팥이야 따지기 바쁠 때 나는 그 자리를 빠져 나왔다.
유리 달린 미닫이 나무문이 뻑뻑해서 잘 열리지 않았다. 앞
치마를 두른 키 작은 아주머니가 한 손으로 문아래 쪽을 세게

두드리며 열어 주었다. 두드리라 열리리라. 이제부터는 다시 원점으로 돌아가기 위해 수없이 두르려야 한다. 처음 간사이 공항에 도착했을 때 공항 화장실에 모자와 선글라스가 든 쇼핑백을 두고 나왔을 때부터 순탄치 않았었다. 어쩌면 그 때 이미 마음의 문을 닫고 일본이라는 땅덩이를 경계했는지도 모른다.

찬 공기 때문에 양 어깨가 올라갔다. 경희는 저녁을 먹었을 것이다. 저녁 7,8시쯤이면 일반상가가 모두 닫혀 버리니 9시쯤 된 것 같다. 거리에는 사람이 전혀 없었다. 가로등도 없이 가정집의 전등 빛이 새어나와 길을 밝히고 있었다. 습기 찬 더위가 걷히고 어느새 오소소 팔뚝에 소름이 돋았다. 희미한 불빛에 가는 실 모양의 비가 언뜻 비친다. 전철역은 멀고, 이마자또는 먼 거리가 아니지만 걷기에는 좀 무서웠다. 우선 큰길로 나갔다. 뒤에서 쉭 소리가 나더니 뒤돌아보기도 전에 시커먼 덩어리가 휙 지나갔다. 깜짝 놀라 가슴을 쓸어내렸다. 아직도 자전거에 익숙하지 않아 가슴을 졸일 때가 많았다. 일본 땅이 나를 밀어내는 것 같다. 어서 떠나라고. 걷는 게 엄두가 안 나고 비가 더 올 것 같아 택시를 잡았다. 택시기사는 내게 어디서 왔느냐, 무슨 일 때문에 왔느냐, 고 물었다. 그 말투에 오사카 특유의 얼버무려 말하는 듯 질 낮은 느낌의 사투리가 세게 풍기는 거 같았다. 내 일본어 수준은 아직도 상대의 기분을 헤아리는 정도에 머물러 눈치만 살핀다. 오사카 동대문 시장 상인중에 일본어에 능숙한 이는 십 분의 일도 되지 않았다. 대단한 한국인이다. 무식하게 덤비고 본다. 그래도 돈 계산하는데 어려운 점은 없었다. 개장 할 때부터 아르바이트 학생들의 행동을 유심히 보던 상인들은 매상이 떨어지면서 아르바이트 인원을 쓰지 않은 채 혼자서 꾸려 나갔다. 바디랭귀지의 절묘한 표현은 몇 가지 동작만으로 일을 마무리했다. 다른 점포의 바디랭귀지는 무성영화를 보는 것 같았다. 결코 웃기지 않는.

도로가 비에 젖어 번들거렸다. 맨션 입구는 한산했다. 비 오는 게 좋을 때는 딱 이런 때, 아무도 마주치지 않을 때였다. 엘리베이터까지 혼자 타면 기분이 더 좋았다. 어쩌다 이렇게 됐는지. 웬만해서 일본인들은 눈을 마주치지 않는다. 나도 사선으로 눈을 내리까는 게 어느새 버릇이 되었다. 일본인 못지않게 이마자또에 거주하는 한국인 역시 마음이 놓이지 않았다. 각가지 직업에 따라 그들의 하는 일이 내게 해가 될지 어떨지가 왜 걱정이 되는 걸까. 지나친 경계심은 요시다 상 때문인 것 같았다.

경희는 자고 있었다. 아무리 여름이지만 요도 깔지 않았

다. 커다란 수건 한 장을 똘똘 말고 오그라져 있는 모습이 불
에 구운 오징어 같았다. 설거지는 잘해도 음식재료 주무르는
걸 싫어하는 나와 달리 경희는 요리하는 건 즐겨도 설거지는
질색이다. 싱크대가 깨끗한 걸 보아 저녁을 안 먹은 모양이
었다. 먹을 것을 하나도 안 사온 게 마음에 걸렸다. 오사카에
오고 나서 과일 한 쪽 제대로 먹지 못하고 음료수는커녕 우유
도 겨우 일주일에 한 두 팩 정도밖에 못 마셨다. 그 뿐인가.
경희는 전화요금 아끼느라 아이와의 통화도 제대로 못했다.
결국 이렇게 끝날 것을. 차라리 당일 코스로 교토나 나라에
관광이라도 다녀왔다면, 하다못해 오사카성에 올라가 사진이
라도 한번 찍었다면 이렇게 억울하지는 않을 거 같았다. 누구
를 원망할 수 없는 게 더 화가 났다. 오사카에 온 잘못된 판
단도, 경희를 끌고 온 것도 내 탓이다. 그러나 가장 속 터지
는 건 이제 와서 경희의 마음을 내가 어쩌지 못하는 거였다.
한여름의 새벽 한기를 마룻바닥에서 일주일을 버텼었다. 하
지만 도저히 견딜 수 없었다. 그동안 참은 걸 억울해하며 샀
던, 삼단 스펀지 요를 펴고 경희를 흔들었다. 가을 논의 볏단
이 차라리 무거울 지경이었다. 코끝이 쨍 했다. 이 애를 두고
내가 어떻게 혼자 가나 생각하니 목이 메었다. 제아무리 엉킨
근심도 하루 종일 서 있던 육체노동 앞에는 맥을 못 추었다.

세수고 뭐고 다 귀찮았다.

　나는 방안이 된장찌개 냄새에 절어서야 눈을 떴다. 경희와 마주앉아 숟가락을 드는데 갑자기 목이 콱 막혔다. 잠깐 지나갈 눈물이 아니었다. 우리는 각자 엎어져서 실컷 울었다. 경희가 빨아 놓은 수건에 얼굴을 파묻자 내가 싫어하는 그 뾰족한 향이 풍겼다.

　'언니, 내가 좋아하는 로즈마리 향이야.'

　경희의 목소리가 들리는 거 같았다. 그대로 얼굴을 묻고 실컷 울었다. 몇 년 치의 눈물을 다 쏟아낸 모양이다. 매장을 정리할 때도 경희와 헤어질 때도 더 이상 눈물이 나지 않았다. 경희가 맡긴 천만 원은 내 가슴 속 깊이 얼음처럼 박혀 공항에서도 리무진 버스에서도 가슴속의 얼음은 녹지 않았다.

신밧드의 모험

신밧드의 모험

드디어 올 것이 오고 말았다. 딱 걸리고 만 것이다. 너구리 같은 녀석, 내 이럴 줄 알았다. 자고로 머리 검은 짐승은 거두지 말라고 했다. 이제 겨우 스무 살 남짓한 녀석에게 당한 것이다. 어린 나이에 벌써 사람을 이렇게 좌지우지하며 골탕을 먹이다니. 녀석은 필시 좋지 않은 길로 빠질 것이다. 확언하건대 악의 대부가 되고도 남을 기질이 충분하다. 어쩐지 요사이 꿈자리가 뒤숭숭했다. 내 한 몸 감추고 사는데 그만한 곳이 없었다. 이제부터 어디로 가야할지 모르겠다. 그런 곳을 찾는 건 쉽지 않을 것이다. 당장 오늘밤이 문제다.

비행기 추락으로 아내와 아들을 잃은 나는 공황상태였다.

다니던 여행사를 그만두고 한동안 집에서 멍하니 지냈다. 아는 이들이 찾아와 산 사람은 살아야 한다고 했다. 내가 과연 살아 있는 사람일까 의심스러웠다. 숨만 쉬면 살아 있다고 할 수 있는가. 아침이면 온 정신이 뿔뿔이 흩어져 갈가리 헤매다가 저녁이면 머릿속으로 들어와 밤새도록 지난 일들을 보여주고 속삭이고 울부짖는데 도저히 당할 수가 없었다. 그 와중에 처가 식구들이 몰려와 보상금 문제를 들먹였다. 나는 모든 미련을 버리고 그들에게 보상금을 넘겼다. 도저히 맨 정신으로 있을 수 없어서 정신과 상담을 받았다. 젊은 여의사가 의술은 알지언정 삶은 모를진대 내가 살아온 바를 털어놓고 의지할 수 없었다. 여행사 직원으로 근무하면서 많은 사람들을 해외로 끌어냈지만 정작 내 가족은 중국여행이 처음이자 마지막이었다. 반값인 베이징 기획 상품을 두 명이 하루 전에 취소한 것이다. 아이를 봐줄 사람은 없고 세 명 자리는 안 되었다. 오래 전부터 아내는 오키나와에 가고 싶어 했지만 나는 요번 기회에 이것으로 싸게 때우려 했다. 결국 나의 빈곤과 옹졸함이 가족을 잃게 한 것이다. 나는 그동안 여유 없이 빠듯한 삶에 허덕였다. 눈앞에 주어진 일만 해가기도 버거운 시간의 연속이었다. 나의 부모도 그렇게 살았다. 몇 년 전 아버지가 돌아가시자 어머니는 아무 미련 없이, 결혼한 누나가 살고 있는 LA로 떠나 버렸다. 나는 간신히 취업한 여행사에서 처자식 먹여 살리느라 남들 빠져나가는 연차휴가까지 반납하고 온갖 수당을 최대한 받아 챙겨왔지만 모든 게 허무했다. 내게 남은 건 한 동만 덜렁 지어서 분양이 안 되던, 남들이 거들떠보지 않던 5층짜리 18평 아파트뿐이었다.

강릉에서 기차를 타고 해안도로를 따라 울진, 경주로 가려던 계획을 접었다. 혼자 남은 내게 여행은 아무 의미 없었다. 뉴스를 보다가 TV 위에 있는 가족사진을 집어 들었다. 자세히 보니 '신밧드의 모험' 앞에서 찍은 사진이었다. 아들이 나이 제한에 걸려 들어가지 못한 우리 셋은 그 앞에서 사진만 찍었다. 갑자기 나는 그 곳에 가고 싶었다. 아들이 못 본 공간을 내가 보고 싶었다. 어이없고 부질없는 짓인 줄 알면서도 다음날 나는 그곳을 향했다.

롯데월드에 들어가 제일 먼저 발걸음이 멈춘 곳은 공연무대나 모노레일, 기구, 바이킹이 아니었다. '신밧드의 모험'만을 주시하고 움직였다. 티켓을 내미는 오른손이 덜덜 떨리고 있었다. 안전벨트를 매고 앉았다. 기계의 반동이 시작을 알리자 그 소리에 앞에 앉은 젊은 여자가 비명을 질렀다. 그러자 뒤에 앉은 사람들은 머쓱하게 웃었다. 이어서 살모사가 나올 듯한 아라비아의 음악이 흘러나오고 우리가 탄 배는 천천히 움직이기 시작했다. 출발해서 5m쯤 나가자 배에 물이 닿았다. 뱃길 양옆으로 잘 꾸며진 무대에 제법 화려한 조명이 내리쪼이고 배는 미끄러져 나갔다. 푸른 풀밭 위에 키 작은 들꽃이 피어 있고 그 위로 나비가 날았다. 토끼가 뛰어가고 사자 가족이 여유 있게 쉬고 있다. 뒤를 이어 기린이 목을 한껏 치켜들고 있다. 코뿔소 떼가 달리는 순간 다소 과장된 음향 효과가 나더니 조명이 꺼지고 배는 가파른 낭떠러지 밑으로 갑자기 떨어졌다. 그 경사가 마치 직각이 되는 듯한 착각을 느끼며 내 몸이 배 밖으로 떨쳐져 나갈 것 같은 공포심이 밀려왔다. 그 순간 양 옆으로 칼날처럼 스치는 물살이 몸에 닿았다. 그 싸늘함이 스릴을 한껏 부추겼다. 앞에 앉아 출발하기 전에 비명을 질렀던 젊은 여자는 웬일인지 죽은 듯이 조용해서 오히려 걱정될 정도였다. 그 옆의 남자도 찍소리 한 번 내지 않았다. 조용하던 뒤쪽에서 괴성이 들려오는 판국이었다. 다시 평온함이 유지되고 사막지대의 뱀과 전갈, 낙타가 양옆으로 지나가고 있었다. 순간 드넓은 평야가 펼쳐진 화면 뒤로 사람 그림자 같은 거무스름한 형태가 얼핏 지나갔다. 무대 관계자나 안전요원 같았다. 내 가슴이 갑자기 두근거렸다. 사람들의 시야에 가려진 삶을 떠올렸다. 누구나 눈에 보이는 것만을 생각한다.

그 후 '신밧드의 모험'을 서너 번 더 이용했다. 아르바이트 생으로 보이는 젊은 안전요원이 나를 희한하게 쳐다보았다. 일행 없는 나이든 남자가 굳은 얼굴로 몇 번이고 계속 놀이시설을 이용하니 이상해 보인 모양이다. 나는 연이어 더 타고 싶었다. 그러나 안전요원이 점점 나를 주목하는 것 같아 그만두기로 했다. 내가 제일 싫어하는 것 중 하나는 누군가가 나를 주시하는 것이다. 회전목마를 지나쳐 천천히 걸어 나오다가 맥도날드에서 햄버거 세트를 주문해 그 자리에서 먹어치웠다. 이렇게 한 끼가 해결되었다. 지하철을 타려고 서 있었다. 어린아이가 놓쳤을 너구리 그림 풍선이 지하철 전선이 지나가는 천정에 서너 개가 붙어 있었다. 저 풍선을 아이 손에 쥐어 줄 때 부모는 흐뭇했을 테고, 놓친 아이는 안타까웠을 것이다. 풍선을 포기한 아이나 부모는 보이지 않는다.

며칠 간 꼼짝 하지 않았다. 전화벨은 울리지 않았다. 내가 조용히 사라져도 아무 문제없을 것이다. 다시 '신밧드의 모험' 티켓을 끊었다. 낯선 안전요원이어서 마음이 놓였다. 이번에는 폭포 낭떠러지를 떨어질 때 주변을 유심히 살폈다. 같은 배에 탄 사람들은 앞뒤에서 소리를 지르느라 정신이 없었다. 일부러 가장자리에 앉은 나는 앞의 손잡이를 꽉 잡은 채

폭포 쪽을 보려고 몸을 최대한 뒤로 젖혔다. 조명이 거의 없는 탓에 시커먼 물외에는 아무것도 보이지 않았다.

어느 곳이든 폐점 할 시간이 되면 종업원들의 마음이 설레면서 방심해지기 마련이다. 은행털이범들이 대체로 문 닫기 삼십 분 전후로 범행을 저지르지 않던가. 그렇다면 나는 폐점 뒤 열 시에서 열 시 반이 적당한 시간일 것이다.

마침내 D-day가 다가왔다. 사람이 제일 붐비고 어수선한 날을 잡았다. 달리 갈만한 데가 마땅치 않은 겨울방학이다. 아빠들이 가족과 함께하기에 부담 없을 토요일이었다. 마지막 배가 종착지에 닿았다. 안전요원이 양 손의 장갑을 벗으며 방심할 무렵, 나는 배의 맨 뒷좌석에서 내린 다음 레일 쪽에 몸을 붙이고 뒷걸음질 했다. 일어서서 나가는 사람들 모습에 가려 충분히 뒤로 물러날 수 있었다. 배에 탔던 사람들이 모두 나가자 안전요원은 곧 실내 전기를 끄고 밖으로 나갔다. 조용하다. 안전요원이 나간 문 쪽에, 달리는 사람의 형체가 붙은 초록색 비상등만 켜져 있었다. 고양이처럼 동그랗게 말았던 등을 펴고 일어섰다. 배낭에서 손전등을 꺼내 켰다. 주변이 동그랗게 드러났다. 출발선이 있는 벽면에 배의 노선표가 붙어 있었다. 단순한 굵은 선과 간단한 그림이 표기되어 있었다. 굵은 선 사이사이에 꽃과 나비, 토끼, 사자, 기린,

코뿔소, 폭포, 낙타 같은 식이었다. 나는 그중에서 폭포그림을 유심히 보았다. 배낭을 고쳐 메고 어둠 속으로 걸어 들어갔다. 꽤 색다른 묘미가 있어서 뱃길보다 이런 도보 코스를 개발하면 관람객들의 반응이 어떨까라는 엉뚱한 생각을 해보았다. 뱃길은 겉으로 봐서 깊이를 알 수 없는 물이 흐르고 그 아래쪽에 레일이 잠겨있는 모양이다. 뱃길 양쪽 면은 성인 두 명이 지나갈 만큼의 공간이 있었다. 벽면장식을 하거나 비상시에 안전요원이 오가는데 필요할지 모른다. 폐점시간에 맞춰 전원을 껐는지 간혹 물이 일렁이는 소리와 어둠밖에 없었다. 배가 지나갈 때면 레일을 타고 가는 배의 동력에서 나오는 소리와 승객의 비명소리, 아라비아의 배배꼬인 음악소리와 음향효과까지 곁들여 귀가 먹먹할 지경이었다. 지금은 마치 다른 장소 같다. 여러 번 배를 타면서 보고 기록한 기억을 더듬어 계속 앞으로 나갔다. 배로 갈 때는 금방이던 것이 생각보다 시간이 걸린다. 조금이라도 발밑을 방심하다간 영락없이 물에 빠질 판이다. 걸어가면서 손전등이 흔들리고 물의 일렁거림에 따라 빛이 분산되어 어지러웠다. 물 색깔이 그저 시커멓게만 보였다. 행여 물속에 알려지지 않은 생물체라도 있어 불쑥 튀어 나올 것 같은 생각이 들었다. 갑자기 스피커에서 직원을 상대로 안내방송이 나왔다. 시간은 열 시에서 이십 분이 지나 있었다. 내용은 모든 분야별로 기계의 전원 코드를 뽑았는지 재확인하는 멘트였다. 조금 전 이 코스의 안전요원은 승객이 다 내리자 배는 거들떠보지도 않고 꽁지 빠지게 내빼버렸다. 그 나이 때 청춘 남녀의 생각은 다 뽕밭에 가 있는 걸까. 나 역시 그즈음엔 퇴근하고 연인을 만날 기쁨으로 들떠 있었다.

드디어 막다른 낭떠러지가 코앞이었다. 손전등이 없었다면 그대로 추락했을 것이다. 아래를 내려다보니 건물 삼층 정도의 높이였다. 배가 떨어질 때 여러 번 뒤를 돌아보았지만 짧은 시간 탓인지 어둡기 때문인지 낭떠러지 주변의 형체가 시각적으로 구분되지 않았다. 몇 번 그 순간을 놓치고 난 다음 디지털카메라로 동영상을 찍었다. 그것도 두 번이나 찍고 나서야 낭떠러지 양쪽에 가는 철제 사다리가 시멘트 벽면에 박혀 있는 것을 알 수 있었다. 이미 확인한 사다리이지만 모든 일에는 변수가 있게 마련이다. 쇠라는 재질이 물가의 습기로 미끄러워서, 그 사다리를 잡고 내려가는 게 결코 쉽지 않은 것이었다. 배낭 속을 뒤져보았지만 손바닥에 빨간 고무처리가 된 목장갑이 있을 리 없었다. 섣불리 내려갔다가 자칫 내일 개장 전에 빠져나오지 못할까 염려되었다. 오늘은 일단 여기까지다. 아쉽지만 물러서기로 했다. 지금은 열 시 오십

분이다. 이 공간을 벗어나서 얼쩡거리다가는 감시 카메라에 잡힐 수도 있다. 승객을 태우는 지점에서 5m정도는 물이 없는 공간이다. 그곳, 십여 척의 배가 정박된 곳은 몸을 숨기기에 적당해 보였다. 그중 가장 후미진, 입구에서 보이지 않는 배에 들어갔다. 안전벨트로 카로막힌 의자보다는 사람들이 발을 디디는 바닥이 더 편해 보였다. 배낭에서 신문지 서너 장을 꺼내 바닥에 깔았다. 그리곤 배낭을 베고 옆으로 누워 신문지를 다시 덮었다. 내일 아침 빠져 나갈 궁리에 쉽게 잠이 오지 않았다. 일곱 시쯤 일어나 신문지를 정리하고 출입구 가까이 있는 안전요원의 휴식공간으로 갔다. 탁자 보를 씌운 원탁 하나와 의자 두 개만 달랑 있다. 원탁 밑에 숨자니 아무래도 위험했다. 다시 배가 있는 곳으로 왔다. 지하철 레일 옆의 공간처럼 양옆으로 오목한 부분이 오히려 눈에 띄지 않는 것 같았다.

수첩에 적은 준비물이 빽빽했다. 그런데 내가 왜 이 짓을 하는 건가라는 의문이 생겼다. 사람들과 어울려 살기는 싫고 그렇다고 죽을 수는 없다. 세상 어디고 제 아무리 혼자 숨어 살아도 누군가와의 관계는 이어질 것이다. 자연스런 현상에 억지를 부리고 싶은 건 아니다. 등잔 밑이 어둡다고 했다. 사람들이 사는 머리 위에는 살만한 곳이 없으니 발밑에서 찾아보게 된다. 이곳은 연중무휴인데다 겨울에는 따뜻하고 여름에는 냉방이 잘된다. 사람들이 좋아하지 않는 동물은 대체로 어둡고 축축한 곳에 숨어 산다. 이런 장소를 골라 기뻐하는 나는 분명 문제가 있을 것이다.

나는 폭포 옆의 쇠사다리를 타고 대 여섯 번이나 오르내린 끝에 드디어 빈 공간을 찾아냈다. 그건 순전히 검은 고양이 덕분이었다. 사다리를 내려와 바로 뒷면으로 다섯 걸음을 걸었다. 처음 나를 그곳으로 인도해 준 건 흰색 점이 두어 개 박힌 검은 고양이였다. 그놈이 워낙 발밑에서 재빨리 사라지기에 땅으로 꺼진 것만 같았다. 나는 그 자리에 주저앉아 바닥을 만져 보다가 벽을 두드려 보았다. 얇은 베니어판으로 처리된 가벽이었다. 가로, 세로 90cm×90cm 정도의 판때기 하나를 들어내는 것으로 나는 드디어 입성(入城)했다. 우선 어둠에 눈이 익숙해지기를 기다렸다. 내 아파트의 작은 방만 한 공간이었다. 당장은 손전등을 비추고 있으나 앞으로는 굵은 양초로 대체하고 중요할 때만 써야겠다. 생각보다 대만족이었다. 머리 위쪽에서 들리는 폭포 소리가 거슬리긴 해도 오래 있다 보면 의식하지 못할 것이다. 잠자는 시간만큼은 주변 모든 기계음이 멈췄다. 드디어 나 혼자만의 공간을 찾아낸 것이다. 이제 이곳에 적응하며, 특히 어느 때고 출입이 쉬운 새로운 통로를 알아내는 게 시급하다. 배의 노선에 따라 폐점 뒤와 개점 전에 맞추어 대기하던 불편한 출입에서 가까스로 샛길을 발견했다. 두 번째 마주친 검은 고양이가 나만의 공간에 잘못 들어왔다가, 빠져나가려고 우왕좌왕하며 입구에서 대각선 쪽 벽 밑으로 기어들어갔다. 베니어판을 50cm정도 뜯자 '유령의 집' 해골 제단 밑이었다. 다시 제단 옆 구멍을 통과하자 '경복궁'이라는 한식점 뒤 음식 쓰레기를 쌓아놓은 곳이 나왔다. 드디어 남들 눈에 띄지 않고 수월하게 나의 공간으로 드나들 수 있게 되었다.

제 삼자의 시각으로 보면 도대체가 비생산적인 이런 구차한 생활을 나는 쾌히 시도해 보기로 했다. 사람의 머리란 한 번 물꼬가 터지면 그칠 줄 모르는 법이다. 게다가 점점 색다른 생각을 펼쳐 나가는 내 자신에 대해 스스로 경탄을 금할 수 없었다. 그 예로 방 두 칸짜리 내 아파트의 짐을 정리해서 버릴 건 버리고 현관에 붙은 작은방에 모든 짐을 다 넣어 버렸다. 그리고 보증금을 최대한 적게 받고 나머지는 월세로 내 통장에 입금되게끔 일처리를 마무리했다. 이제 내가 세상과 등지는 시간이 길면 길수록 나의 잔액은 늘어 갈 것이다.

잠자리는 침낭으로 정했다. 최대한 적게 먹고 마시기로 했다. 나머지 남아도는 시간에 대해 활용할 방법을 생각해 보았다. 하루 종일 아무 일도 하지 않는 것이 처음 얼마간은 휴식이었다. 그러나 날이 갈수록 휴식은 고통으로 변해갔다. 하물며 교도소에서도 아무 할 일 없는 독방에 감금된 게 최대의 벌이지 않던가. 내 몸 이외의 모든 것은 내 것이 아니라고 생각했다. 이제부터는 나만의 것, 아무도 빼앗지 못하고, 잃을 수 없는 게 무엇인지 생각해 보았다. 옛말에 머릿속에 저장된 지식과 지혜는 누구도 훔칠 수 없는 보물이라고 했다. 그렇다면 내 머릿속에 무엇이 들었는지 그걸 한 번 쏟아내 보자고 생각한 게 바로 글쓰기였다. 물론 글쓰기에 대한 정규수업은 받아본 적이 없다. 더구나 남이 써놓은 책조차 제대로 읽어보지 못했다. 그저 교과서를 보기만 급급했었다. 그렇다면 가장 접근하기 쉬운 일기를 쓰는 게 좋겠다는 결론이었다. 이제 무료함에서 해방되었다. 무엇이든 처음이 힘든 법이다. 그 힘든 고개를 넘고 나면 탄탄대로였다. 그동안 맺힌 것이 많았는지 술술 중얼거리듯 글이 쏟아져 나오기 시작했다. 그 대부분은 아내와 함께 보낸 일들이었다. 나 못지않게 열악한 환경에서 자란 아내는 생활방식에서 나와 장단이 잘 맞았다. 남에게 피해를 주지 않는 한도 내에서 최대한 검소한 생활을 하던 우리는 오히려 그런 점에 자부심을 가졌던 것 같다.

검소한 생활이 몸에 배여서인지 궁상맞은 나의 생활이 어렵지 않게 연장되었다. 외부출입이 필요할 때는 반드시 사람이 붐비는 날을 택했고, 그날 생활에 필요한 일용품을 걷어들였다. 그중 종이 분리수거 통에 있는 신문은 요긴하게 쓰였다. 최근 소식을 알 수 있는 건 물론이요, 담요 밑바닥의 습기제거에도 유익하게 사용되었다. 공중화장실의 휴지를 적당히 취했고 편의점에서는 햇반과 컵라면을 사들였다. 휴대용 가스버너를 처음 사용할 때는 다소 긴장되고 겁이 났지만 사용이 거듭될수록 물만 끓이는 용도라고 스스로 위안하며 안심했다. 커피나 컵라면을 먹을 때는 행여 냄새가 새 나가지 않을까 염려했다. 그러나 어디선가 주워들은 얘기를 믿고, 냄새를 없앤다는 양초를 두어 개 더 켜 놓았다. 그리고 차츰 대담하게 먹게 되었다. 원고지보다 노트가 익숙해서 스프링 노트에다 나와 아내의 이야기를 써내려갔다. 처음에는 별게 아니었다. 서서히 시간이 지나면서 단순한 일기이긴 해도 거기에 또 다른 나의 세계가 펼쳐지고 있었다. 나름대로 고요한 생활이었다. 그 너구리 녀석이 나타나기 전까지는 말이다.

그날은 별로 나가고 싶지 않았다. 최근에 워낙 제대로 된 음식을 먹지 못한데다 햇볕을 쐰 지도 오래되었다. 운동이 필요하다는 생각에 찌뿌듯한 몸을 일으킨 것이다. 생각보다 추운 2월이었다. 대형백화점에는 한복을 입은 여인이 세배하는 모양이나 선물포장 형태의 반짝이는 조명이 휘황했다. 지나가는 사람들의 발걸음은 누군가에게 쫓기듯 조급했다. 모처럼 운동 삼아 제대로 걷고 싶었지만 얼굴을 때리는 매서운 바람 때문에 기가 죽어 이내 포기하고 말았다. 양초, 햇반, 생수, 참치 캔, 휴대용 가스통 등 아주 기본적인 것만 챙겨도 배낭은 꽉 차 버렸다. 돌아가는 길은 왠지 예전 같지 않게 낯선 느낌이었다. 나만의 공간에 들어섰을 때 냉기가 살짝 도는 듯 했다. 서너 걸음 내딛는데 발끝에 닿는 뭔가 물컹한 덩어리에 놀라 한 걸음 뒤로 물러섰다. 잠시 숨을 죽이고 앞을 주시했다. 별다른 움직임이 없어 손전등을 비춰 보았다. 누군가 발끝에서 목까지 누런 털의 너구리 몸통을 입고 누워있었다. 십대 후반일지, 이십대 초반일지 나이를 알 수 없는 사내였다. 공벌레처럼 말려 있는 몸을 술술 풀더니 나를 보고 흠칫 놀란다. 여태 그러고 있었던 모양이다. 그리고는 씩 웃으며 돌아앉는다. 내가 이곳의 손님이 된 기분이다.

녀석은 롯데월드에서 너구리 복장을 하고 아이들을 어우르거나 혹은 정겹게 품에 끼고 사진을 찍거나 하는 아르바이트를 한단다. 무엇보다 나의 출입구를 어떻게 알았을까. 녀석은 전에 '신밧드의 모험'에서 안전요원이었단다. 언젠가 분명히 탈 때는 없었던 내가 내릴 때는 일행에 묻어 나가는 모습을 두어 번 보았다는 것이다. 그 뒤로 통 못 보던 터에 너구리 아르바이트로 옮긴 다음 나를 다시 보게 되었단다. 태연한 척 해도 나의 행동은 뭔가 쫓기는 모습이었나 보다. 나보다 훨씬 어린 녀석에게 치부를 보인 것 같아 자존심이 상했다. 설령 내 모습이 그렇다 해도 굳이 내 뒤를 쫓은 녀석의 눈썰미는 예사롭지 않다. 앞으로의 일이 난감해졌다. 녀석을 내치기에는 뒷일이 석연치 않고 함께 있을 생각을 하니 소름이 살짝 돋아 올라왔다. 이 녀석으로 인해 내 공간이 끝장날 수 있다. 거대한 댐이 속절없이 무너지는 것도 이런 쥐새끼 같은 녀석의 농간이면 한 순간이다. 그토록 어렵게 마련한 공간인데, 걱정이 앞섰다. 이 녀석의 말투와 태도를 봐서 호락호락한 놈이 아니다. 이 녀석만을 내보낼 수도 없고 같이 지내기는 더더욱 싫다. 나는 녀석을 안심시킨 다음 일단 자고 내일 다시 얘기하자고 했다. 같이 누운 지 오 분도 안 되어 녀석의 코고는 소리에 일어나 앉았다. 배낭 속에 내가 썼던 노트 등 나의 흔적이 될 만한건 모두 채워 넣었다. 녀석이 깨기 전에 나는 그 자리를 소리 없이 빠져 나왔다.

누구나 자기가 잘 아는 공간을 중심으로 움직이게 마련이다. 롯데월드에서 비교적 가까운 올림픽공원을 목표로 삼았다. 어디든지 그곳의 지형을 파악하고 구조물의 유용성을 눈여겨 살피면 내 한 몸 집어넣을 공간은 생기게 마련이다. 공원에는 화장실이 두 곳에 있었다. 나선형의 야외무대에서 가까운 곳에는 유동인구가 제법 있었다. 아파트 쪽에 있는 공중화장실은 한산해 보였다. 그곳을 유심히 살펴보았다. 그 화장실 옆에 허름한 가건물이 붙어 있었다. 가건물의 허술한 문짝에 싸구려 자물쇠가 채워져 있었다. 주변 벤치에 앉아 그곳을 주시했다. 열두 시쯤 청소부 서너 명이 그곳으로 들어갔다. 그리고 한 시에 그들이 나오고 다시 자물쇠가 채워졌다. 다섯 시에 다시 그들이 모여들고 옷을 갈아입은 다음 퇴근하는 모양이다. 나는 그곳을 찍었다. 싸구려 자물쇠를 따는 일은 간단했다. 손전등을 비춰보니 화장실에서 끌어온 전선으로 자체 전등도 있고 휴대용 가스버너에 커피믹스까지 있었다. 위 아래 칸으로 나누어진 여섯 칸짜리 캐비닛 위 칸에는 작업복과 운동화, 면장갑이 들어있었다. 아래 칸에는 쓰레받기와 빗자루가 십여 개 정도 들어있었다. 분리수거 할 때 주워온 듯한 제각각인 의자가 여기저기 흩어져 있었다. 의자 여섯 개를 모아놓고 그 위에 누워 눈을 붙였다. 일찍 시작하는 청소요원의 특성을 알기에 나는 새벽 다섯 시쯤 그곳을 나왔다.

나만의 공간에 있는 녀석이 조금씩 궁금해지기 시작했다. 그 녀석이 제 집처럼 드나들었을 일을 생각하니 찜찜한 기분이었다. 가야 될지, 말아야 될지 망설임으로 날이 저물었다. 공원 가건물에서 하룻밤을 더 자고 결국 '신밧드의 모험'으로 발길을 옮겼다. 한편으로는, 녀석의 우쭐하는 고자질로 내 공간이 롯데 측에 의해 폐쇄되지나 않았을까하는 염려도 있었다. 나는 마치 검은 고양이인양 조심스럽게 다가갔다. 내가 수시로 드나들던 구멍이 두꺼운 판지로 막혀 있었다. 구멍이 발각되어서 직원들이 막은 건지, 아니면 그냥 세게 밀어 제쳐야 될지 잠시 혼란스러웠다. 시멘트나 통나무가 아니어서 일단 힘껏 밀어보기로 했다.

너구리 녀석과 나는 서로 놀라 잠시 멍하니 얼굴을 마주 보았다. 햄버거를 먹고 있던 손이 천천히 내려가는 걸 나는 아무 생각 없이 바라보았다. '무서운 녀석이다.' 그 외에는 아무 생각이 들지 않았다. 고자질할지도 모른다는 예상은 빗나갔다. 오히려 이 녀석은 내가 발굴한 공간을 자기 집인 양 최대한 이용하고 있었던 것이다. 잠자리는 누런 박스를 여러 겹 깔아 푹신해 보였고, 신문지와 무가지는 넉넉히 쟁여놓고 있다. 한쪽 구석 라면박스 안에 햄버거와 캔 음료수, 투명 비닐에 싸인 핫도그가 있는 걸 보고 나는 이 녀석이 점점 더 무서워졌다.

　그렇게 다시 시작되었다. 녀석은 아르바이트를 제외한 모든 시간을 이곳에서 보냈다. 녀석은 외부의 시선이 없는 이 공간이 천국 같다고 했다. 나는 녀석을 이해할 수 없었다. 나야 이미 한 세월을 살아본 사람이지만 녀석은 한창 또래와 어울리며 놀기를 추구할 나이가 아닌가. 더구나 여기는 휴대폰 사용과 텔레비전 시청도 불가능하다. 이런 땅굴 같은 곳에 적응하는 녀석이 끔찍하기만 했다. 사회생활을 하다보면 정규교육을 받은 사람과 검정고시를 거친 사람을 만날 때가 있다. 섣불리 선입견을 갖고 싶진 않지만 검정고시를 통과한 사람들은 뭔가 특유의 눈칫밥 같은 것이 있다. 이 녀석을 보면 왠지 그들의 눈빛이 생각났다. 누가 뭘 어쩌지 않았는데도 미리 피해의식을 갖고 여차하면 공격태세를 취할 것만 같다. 여기서 내가 고수했던 생활방식을 이 녀석은 단 시간에 답습했을뿐더러 더 나아가 내가 생각하지 못한 것까지 찾아내 쉽게 적응하는 속도에 나는 혀를 내둘렀다. 교육과정이나 살아온 세월에서 이 녀석에게 뒤질 군번이 아님에도 이 녀석은 나를 앞서갔다. 굴러온 돌이 박힌 돌 빼낸다고 내가 밀려날 것 같은 위기감이 들었다. 이 녀석은 나와 다른 명백한 부분이 있다. 나는 최소한의 비용으로 생활하는 반면에 이 녀석은 완전 무일푼으로 어디선가 물건을 훔쳐오는 것 같다. 온 몸으로 부딪쳐 생필품을 해결하는 것이다. 인생의 선배로서 이 녀석의 그릇된 행위를 방치하는 것은 무책임 할 수 있다. 그러나 이 녀석이 나를 보호자로 생각하지 않는 한 내가 해줄 수 있는 일은 아무것도 없다. 간혹 이 장소를 폭로해 버릴 듯한 위협을 적당히 암시하며 은근한 협박을 해오기도 한다. 그야말로 된통 걸린 것이다.

한번은 녀석이 벗어놓은 너구리 옷을 입어보았다. 신발부터 목까지가 한 부분이고 그 위에 머리통 부분을 뒤집어쓰는 것이다. 키가 172cm인 내게 맞을 정도면 이 녀석에겐 좀 클 텐데 그런 내색 한 번 없이 천연덕스럽게 잘도 입고 쓰고 다닌다. 롯데월드가 붐비는 날이었다. 녀석은 휴식시간에 낮잠에 곯아 떨어졌다. 나는 잠시 벗어놓은 녀석의 너구리 털옷을 입고, 탈을 쓰고 밖으로 나갔다. 생각보다 시야도 확보되었고 움직이기에 어려움은 없었다. 넘어진 김에 쉬어간다고 이참에 운동 삼아 산책하는 기분으로 걸었다. 감시 카메라에 노출되어도 두려울 게 없다. 나는 당당한 이곳의 직원으로 포착될 것이다. 한동안은 여유 있게 여기저기 기웃거렸다. 롯데월드 안에 있으면서 막상 이렇게 유유자적한 적은 없었다. 아이스크림을 파는 곳이었다. 너구리 헤어밴드를 한, 대 여섯 살쯤 되어 보이는 여자아이가 나를 쳐다보았다. 곧바로 제 엄마를 보며 나를 손가락질 한다. 나는 가슴이 철렁했다. 얼른 방향을 바꾸어 재빨리 걸었다. 모성애는 무섭다. 아이 엄마는 나를 부르며 겁나게 뛰어온다. 할 수 없이 그 아이의 손을 잡고 사진을 찍었다. 속에서는 식은땀이 줄줄 흐르고 있었다. 다시는 그 꼴로 나가고 싶지 않았다.

하루 이틀 지나다 보니 나도 모르게 녀석의 습관을 따르는 것 같았다. 다른 건 몰라도 맥도널드에서 가져온 감자튀김의 유혹은 떨치기 힘들었다. 녀석은 롯데월드에 맨 처음 왔을 때 반년 간 맥도널드에서 아르바이트를 했단다. 그래서 녀석의 수중에는 맥도널드의 제품이 제 것인 양 넘쳐나는 모양이다. 동료에게 공수해 오는지는 알 수 없으나 녀석의 기질이나 성격으로 보아서는 친구도 없을 것만 같았다. 다만 녀석의 수완이 보통이 아닌 것만은 확실하다. 콩 한쪽도 주지 않을 것 같은 녀석이 때로는 꿍쳐 놓았던 수십 개의 맥도널드 딸기잼 중 하나를 주기도 했다. 맥도널드가 없으면 저 녀석이 어찌 살 수 있을까 싶다. 그곳 물휴지로 얼굴을 닦고 발도 닦아낸다. 주눅 들지 않는 당당한 태도가 나이를 알 수 없게 한다. 나는 가능한 한 식사를 같이 하려고 했다. 이곳에서 동료가 되려면 우선 밥을 같이 먹는 게 중요할 것 같았다. 이 녀석은 나와 친해지고 싶지 않은 모양이다. 아니 내가 나가줬으면 하는 눈치가 보이기도 한다. 완전히 주객이 전도되었다. 내가 건네는 김밥이나 만두는 덥석 받아먹으면서, 녀석이 가져온 피자조각이나 햄버거는 내게 권하지 않는다. 사실 용도를 알 수 없는 아무 비닐에다 싸온 것을 권할까봐 두렵기도 하지만 말이다.

한번은 녀석에게 앞으로 뭘 하고 싶으냐고 물었다. 한 치의 망설임 없이 돈을 많이 벌고 싶다고 했다. 그 돈으로 뭘 할 거냐고 했더니 커다란 빌딩을 사서 세를 받고 그 돈으로 사채업을 하고 싶다고 했다. 이 녀석을 알아 갈수록 나는 여기서 멀어지고 싶었다. 같이 있다간 무슨 봉변을 당할지 모르겠다는 생각이 들었다. 최대한 잘 달래서 긍정적인 결과를 얻자고 마음먹었던 일들이 소용없을 것 같았다. 더구나 거기에서 끝이 아니라 나에 대해 이 녀석이 파고들어서 내 신분이 노출되면 어떤 피해를 입을지 모른다는 부정적인 생각이 들기 시작했다. 이제 녀석과 함께 있는 건 물론이고 내보내도 안심할 수 없는 상황이다. 아무래도 내가 포기하는 게 빠르겠다는 결론이다. 지금 내 생활은 녀석이 오기 전과 판이하게 달라졌다. 일단 나는 전처럼 글을 쓸 수 없었다. 녀석을 감시인지, 경계인지 하느라 정신을 집중할 수 없었다. 또한 내가 쓴 글을 녀석이 보지 않는다고 장담할 수 없었다. 그로 인해 내가 노출될지 모른다는 걱정이 앞섰다.

그동안 나는 가급적 휴대용버너의 사용을 자제해 왔다. 일단 가스라는 위험물질이었고 빛과 열, 거기에 음식이 곁들어지면 냄새는 더욱 치명적이었기 때문이다. 끓인 물을 이용해 커피나 컵라면 외에는 거의 사용하지 않는 것이 일종의 규칙이었다. 다른 건 몰라도 그 점만은 처음부터 내가 강력히 강조하던 바였다. 그런데도 누런 양은 냄비에다 설탕 뽑기를 해 먹고 싶다는 녀석을 설득시키느라 한동안 애를 먹었다. 날이 갈수록 예의 없는 녀석은 내 배낭을 제 것처럼 뒤진다. 때로는 그 속에서 손톱깎이를 꺼내 두껍고 더러운 녀석의 발톱을 깎고 나서 제자리에 집어넣지도 않는다. 야단쳐서 될 일이 아닌 건 처음부터 알아보았다. 사실 나는 녀석이 두려운 건지도 모른다. 가끔은 녀석과 말하는 내 목소리가 가늘게 떨리는 느낌이었고 그걸 감지한 녀석은 야릇한 미소를 짓는 듯 했다. 내가 여기 머물 수 있는 시간이 얼마 없다는 게 아닐까. 잠을 자려고 자리에 누웠다. 이제 곧 모든 소음이 멈출 시간이다. 이 시간이 되면 나는 대화를 금했다. 항상 기계음이 윙윙거릴 때만 움직이고 대화하는 습관을 들여왔다. 녀석도 자리를 잡고 누웠고 일정하게 반복되는 기계소리만 들리고 있었다. 녀석이 내게 은근한 목소리로 물었다. 아저씨는 등잔 밑이 어둡다는 말을 아세요. 그 걸 누가 모르냐, 하는데 피식 웃는 소리만 들렸다. 왜 묻는데, 하는 순간 기계소리가 멈췄다. 쉿 하는 소리를 내며 녀석은 입을 다물었다.

다음날 윙윙거리는 기계소리에 잠이 깼다. 심한 냄새가 코를 찔렀다. 가스버너 위에 양은 냄비, 그 속에 설탕이 말라붙어 타고 있었다. 가스버너를 끄고 냄비 뚜껑을 덮었다. 녀석은 보이지 않았다. 문제는 그게 아니었다. 가까운 벽 사이에서 사람의 말소리가 들리는 것이었다. 배낭을 집어 들었다. 지퍼가 열려 있어 손을 넣어보았다. 지갑이 없었다. 말소리와 발자국 소리가 점점 가까워졌다. 나는 재빨리 미닫이 틈새 쪽으로 갔다. 말소리는 그쪽에서 들려오고 있었다. 다시 방향을 돌렸다. 밖에서 판을 치우려는 것 같았다. 나는 대각선 쪽 벽 구멍을 통해 '유령의 집'으로 기어들어갔다.

올림픽 공원 나선형의 야외무대를 지나 아파트 쪽 공중화장실로 걸어갔다. 화장실은 보였지만 가건물은 보이지 않는다. 더 가까이 다가갔다. 가건물 자리에만 잔디가 자라지 않아 휑한 흙바닥이다. 철수한지 얼마 되지 않은 듯 바닥 정비가 제대로 되어있지 않다. 가는 날이 장날이고, 안 되는 놈은

뒤로 넘어져도 코가 깨진다고 왜 이리 되는 일이 없는지 모르
겠다. 어린 녀석에게 당한 꼴이라니. 등잔 밑이 어둡다고 녀
석은 내게 미리 언질을 준 것이다. 등잔 밑이 어둡다고. 쥐새
끼 같은 녀석 때문에 이렇게 될 줄 알았다. 다만 언제인지 시
기를 모를 뿐이었다. 역시 나는 사람과 부대끼며 살아가는 데
자신이 없다. 이번 일로 다시 한 번 확실해졌다. 그런 녀석에
게 당할 정도면 나머지는 알아 볼 조다. 더더욱 세상살이가
싫어진다. 지금 어디로 가야 할 지 모르겠다. 어쨌든 '신밧드
의 모험'은 이제 완전히 끝난 것이다.

핏줄

저 멀리 63빌딩이 보였다. 국정원 소속 새싹원에서 교육을 받던 중 경복궁과 남산 한옥 마을, 남산 타워를 거쳐 63빌딩 수족관과 전망대에 올라가 본 적이 있다. 서울에서 제일 높다고 하니 필시 남한에서 제일 높은 빌딩일 것이다. 이곳에 온 지 사년 반이 지났다. 짧다고도 길다고도 말할 수 없다. 나이 육십이 넘어 칠십에 다가가면서 모든 일에 범위를 정하고 단정을 짓는다는 게 중요하지 않을뿐더러 별 의미가 없다는 걸 깨닫게 되었다.

탈북에 성공해서 서울에 자리를 잡고 제일 먼저 시작한 일은 세살 터울인 경숙언니를 찾는 일이었다. 남한에서는 주민 번호가 있으면 사람 찾는 건 시간문제라고 했다. 문제는 그

번호를 모르는 것이었다. 국정원의 의무교육을 마친 뒤에 처음으로 받은 주민등록증을 보고 한동안 멍한 기분이었다. 13개의 숫자가 내가 한국인임을 인정한다는 것이다. 기쁨도 서글픔도 아닌 말로 표현할 수 없는 착잡한 심정이었다. 왼쪽 가슴에 오른 손을 얹고 한국인 선서를 할 때만 해도 형식적인 의례였다. 반년쯤 지나 둘째 형권이가 큰애 형철이를 부산항으로 끌어들이고 나서야 나는 진정한 한국인이 될 수 있었다. 내가 낳은 자식을 품에 안고 난 다음 조국이라든가 그 나라의 국민이라는 게 비로소 가능한 일이었다. 그저 태어난 대로 북쪽 땅의 인민이 되고, 때가 되면 그 곳에 묻힐 거라고 생각했었다. 최근 몇 년간은 내 인생의 몇 십 년을 방불케 하는 격변의 시기였다. 화곡동 탈북자 타운에 거주함으로써 나의 지난 몇 년간은 다른 탈북자들에 비하면 아무것도 아닌 걸 알게되었다.

쌍둥이 빌딩이 가까워졌다. 형권이는 삼각형으로 생긴 건물의 지하주차장으로 들어갔다. 녀석을 보면 내 자식이면서도 가끔 의심스러운 생각이 든다. 남편이나 나의 성향으로 봐서 저런 대차고 강한 혈기가 어디서 나오는지 믿어지지 않는것이다. 언뜻 외모만 봐서는 녀석의 단단한 속내를 좀처럼 짐작하기 어려운 165cm의 키에 64kg 정도밖에 되지 않는 왜소한 체형이다. 위암으로 죽은 남편은 맏이인 형철이만 귀히 여겼음을 나는 부정할 수 없다. 어렸을 적부터 동네 아이들을 패고 다니는 형권이는 커서 뭐가 될까 걱정이었다. 공부와는 인연이 없는 놈이기에 이내 기대를 접었다. 사람일은 알 수 없다. 대학교를 나온 큰놈이 중학교 사회 선생으로 만족하며 살 때, 형권이는 이미 관할 지서에서 손 댈 수 없는 암흑가의 큰손이 되어 있었다. 북쪽의 암흑가는 세 종류가 있었다. 우선 경찰과 군부대에 소속되지 않은 상태로 결정적인 사건을 비밀리에 신속히 처리하는 임무가 있었다. 또 금융업체나 사채업을 오가며 정식거래가 아닌 검은 돈을 처리하는 역할과 마지막으로, 듣기에는 소소한 수출입 업무이나 실제로는 금이나 곡물을 중국 업자와 암거래를 하는 일이었다. 형권이의 일은 세 번째였다. 한동안 나는 그 일을 알지 못했다. 며칠씩 잠적했다가 홀연히 나타나 쌀 두어 말을 안기고, 제 아내에게 금붙이 몇 돈 정도를 넘겨주는 걸 보고 심히 걱정되었으나 태연하게 우리 지역 경찰과 대포를 걸치는 모습을 보고 다소 안심 할 수 있었다.

　지하 주차장에서 엘리베이터를 타고 1층에서 내렸다. 회색 카펫을 조심스레 밟으며 형권이를 뒤따랐다. 높은 천장을 보고 나는 기가 꺾여 발밑을 내려다보며 걸었다. 형권이는 익숙하고 당당하게 앞서갔다. 실내를 한 바퀴 휘둘러 본 형권이의 표정은 화가 나 있었다. 형권이는 큰 소리로 웨이터를 불렀다. 앞으로 서너 명이 더 올 것이며 자리를 안내해 달라고 했다. 얼굴에 아무 표정이 드러나지 않는 웨이터가 구석진 자리로 우리를 안내했다. 주문은 나중에 할 거라며 생수를 마시는 형권이의 태도는 믿음직스러웠다. 난 흐뭇한 미소를 띠며 창밖을 내다보았다. 내 얼굴을 본 형권이가 어머니는 자존심이 상하지도 않냐며 얼굴을 붉혔다. 북에서 여동생이 나왔으면 버선발로 달려 나오지는 못해도 어떻게 우리보다 늦게 나오냐는거였다. 나는 좋은 날 화내지 말자며 녀석을 달랬다. 그 누구의 말도 듣지 않는 녀석이 그래도 어미 말이라면 듣는 척이라도 하니 가슴이 뿌듯했다. 사실 서운한 걸로 치면 한두 가지가 아니었지만 일단 얼굴 먼저 보자고 감정은 뒤로 밀어냈다. 군데군데 맞선을 보는 듯 남녀 양가집 어른과 함께 있는 테이블이 있는가 하면 소개자는 물러나고 남녀 당사자만 남은 어색한 커플도 눈에 띄었다. 한국 실정을 알아 가는 데 가장 큰 보탬이 된 것은 무엇보다 TV드라마의 역할이 컸다. 하얀 조각상처럼 매끈하게 빠진 탤런트들의 빈틈없이 깔끔한 대사와 더불어 북에서는 보고 듣지도 못한 가정환경과 살림살이를 보느라 한동안 TV 앞에만 앉으면 눈이 돌아갈 지경이었다. 촌스럽게 굴지 말고 체면 좀 차리라는 형권이의 잦은 잔소리를 듣고서야 차츰 마음이 가다듬어졌다. 다리를 꼬고 앉아 연신 담배를 피워대는 형권이를 보고 행여 태도가 불손해 보이지 않을까 가슴이 조마조마 해지기 시작했다. 그러나 어려서 자식이지 자식도 머리가 커버리면 한마디 하기가 그렇게 수월치 않는 법이다. 꼰 다리를 내리던가, 담배를 끄던가, 둘 중 하나만 하라고 이르고 싶었다. 녀석의 기분이 좋아 보이지 않는 상황에서 내 말이 괜한 잔소리가 될까 노심초사하며 생각과 달리 입이 떨어지지 않았다.

삼십 여 분이 지났을까. 한 가족으로 보이는 일행 대 여섯 명이 웨이터를 붙잡고 뭔가를 얘기하더니 우리 쪽으로 다가오고 있었다. 갑자기 가슴이 쿵쿵 울리더니 숨이 가빠졌다. 형권이는 그들을 빤히 보고만 있었다. 녀석이 좀 일어나 주었으면 좋으련만. 나는 확신이 서지 않은 상태로 주춤주춤 일어서려고 했으나 몸은 어찌된 일인지 꼼짝도 하지 않았다. 그들 일행에 앞서 조금 전의 그 무표정한 웨이터가 긴 다리로 성큼성큼 다가와 형권이의 이름을 조심스레 불렀다. 나는 대답대신 웨이터의 뒤에 가려진 얼굴을 향해 양손이 먼저 내밀어졌다. 뒤에 있던 여인이 아이고 하더니 몸이 휘청거리며 내 앞 소파에 주저앉는다. 뒤따라오던 딸 같은 이가 얼른 부축했다.

나는 형권이의 안색을 살폈다. 내 형제 자매보다 내 자식이 우선이다. 난 여태 그렇게 살아왔다. 몇 십 년이란 세월이 흘렀지만 변한 건 없다. 내 자식은 내가 챙긴다. 모진 세월 그렇게 버텼고 이제 그 보상을 내 자식한테 받고 있다. 내 형제 자매가 내게 해준 건 아무것도 없다. 슬픔과 외로운 마음만을 가득 떠 넘겼을 뿐이다. 나를 잡고 무너지는 언니, 나는 그 언니를 잡고 눈물을 터트린다. 나도 모르게 반사적으로 그렇게 되었다. 우리 모두 자리에 앉았다. 서로 소개하고 물을 좀 마시고 그쪽 맏사위가 뭔가를 주문했다. 우리에게 뭘 먹겠냐고 물었지만 형권이는 그쪽이 알아서 시키라고 했다. 웨이터가 바퀴달린 탁자를 끌고 오더니 우리 앞에 양식을 차리기 시작했다. 사실 TV를 보면 이산가족들이 울고불고 정신없는 것만 보아서 과연 식사를 할 수 있을지가 내심 걱정이었다. 그러나 우리 모두는 너무나 자연스럽게 포크와 칼을 쥐고 열심히 이거저거 썰고 찍고 먹어대고 있었다. 식사예법을 걱정하던 내게 형권이는 격식에 겁먹지 말고 그저 나 편한 대로 하라고, 그게 곧 예법이라고 했다. 하긴 지옥에 떨어져도 나는 형권이만 있으면 무서울 게 없었다.

그렇게 첫 만남이 있은 뒤 살갑게 굴며 지난 세월 보상하듯 자주 만나야 될 것만 같던 우리자매는 동네 이웃만도 못한

70

처지가 되었다. 북에서는 경환오빠가 살아 있을 때 많은 도움을 받았다. 남편과 사별한 뒤에 경환오빠가 없었다면 내 자식들이 어찌되었을까 생각하면 아찔하다. 비록 새 언니의 차가운 눈총을 받기는 했지만 어쩔 수 없이 그 덕에 형철이가 무난히 대학을 졸업할 수 있었다. 서울에 와서 경숙언니를 만날 때 어쩌면 당연한 도움을 기대했는지 모른다. 그러나 한 번 아니면 다시는 구차한 짓 못하는 게 내력인 집안이다. 서울살이에 점차 적응하는 것은 핏줄의 끈끈함을 잘라낼 줄도 알아야 하는 일이었다. 내 남편의 자식 아니랄까봐 형권이의 자존심은 날이 갈수록 단단해졌다. 형권이는 경숙언니는 물론이고 그 일가족을 만나려 하지 않았다. 내가 몇 차례 권해 보았지만 형권이의 고집을 꺾지 못했다. 아니 꺾고 싶지 않았다. 사실 나도 그랬다. 경숙언니는 이미 내 언니가 아니었다. 맏딸 집에 얹혀살며 사위 눈치를 보느라 내가 그녀의 친동생임을 모르는 게 아닐까 싶을 정도였다. 이가 아니면 잇몸이라고 했다. 사람이 살아가는데 반드시 핏줄끼리만 소통하란 법은 없다. 과부사정 홀아비가 안다고 하지 않던가. 우리 탈북자 아파트 단지에는 같은 탈북자라도 개중에 또 처지가 비슷한 사람들끼리 나뉘고 뭉친다. 형권이는 경숙언니를 찾기 위해 함경도 도민회, 북청군 군민회의 지소를 알아내서 회장을 만나고 우리가족 명단을 기록에 남겼다. 경숙언니에 대한 신상기록은 어디에도 없었다. 군민회 회장은 경숙언니가 북에 있는 가족 찾기를 포기한 건지 모르지만 그보다 이미 사망했을 가능성이 더 크다고 했다. 나는 그렇지 않다고 확신했다. 아무 근거 없이 그렇게 쉽게 죽을 가족이 아님을 강조한다는 게 참으로 터무니없기도 했다. 막상 언니를 만나고 난 뒤에는 안 만나는 게 나았을지 모른다는 생각이 들 정도였다. 그 집 맏사위는 수시로 형권이를 탐색하는 눈초리로 번득였다. 재산 정도가 노출될까 두려워 우리를 집으로 초대하지 않는 거라는 앞집 노인네의 말이 전혀 빈 말은 아닌 것 같다. 일 년에 두 번, 구정과 추석을 함께하지 않는 가족은 이미 가족이 아니었다. 경숙언니네의 연락처가 바뀐 날을 기점으로 우리는 나름대로 선을 그었다. 이제 남한에서의 가족은 우리가 시초임을, 우리부터 새로 시작됨을 인식했다.

　이웃 사람을 하나 둘 만나면서 나처럼 인천공항으로 입국하는 건 아주 특별한 경우라는 걸 알게 되었다. 그만큼 형권이가 나를 위해 거금을 썼다는 것이다. 공항에서 국정원 직원을 따라 올 때는, 염려 말라던 형권이의 말만을 계속 읊조렸다. 형권이가 그 자의 발밑에 엎드리라고 했으면 그렇게 했을 것이다. 보안기관에서 의무적으로 교육을 받는 한 달 간은 외부와의 접촉이 허락되지 않았다. 말이 교육이지 실제는 신원 조회 기간이나 다름없었다. 나 같은 사람은 워낙 나이가 많아서인지 강도 높은 조사는 하지 않은 모양이다. 다만 나를 담당했던 조사원이 나처럼 늙은이보다는 앞으로 살아갈 날이 많은 이들에게 기회가 주어졌으면 하는 혼잣말을 들었다. 내가 젊은이들의 기회를 대신 빼앗았나 싶어 잠깐 미안한 생각이 들기도 했지만 내 아들이 여기 있는 한 어찌됐든 나는 오지 않으면 산목숨이 아니었다. 그들이 어찌 납득할 수 있겠는가. 저 자도 제 어미를 불지옥에 놔두고는 저런 말을 못하리라고 스스로 위로했다.

새로 사귄 이웃과 공원을 산책하다 보면 극락이 따로 없는 것 같았다. 같은 층에 사는 오십대 후반의 여인은 나를 언니라고 따르며 여기저기 새로운 곳으로 곧잘 안내했다. 동네 주변 맛있다는 식당보다는 불가마가 실용적이었다. 그저 뜨끈한 물속에 들어가 앉아 있으면 신선놀음이 따로 없었다. 원두막 같은 한증막 속에서 한바탕 땀을 빼고 나면 온 몸이 날아갈 것만 같았다. 정작 같이 갔던 이가 노인들은 위험하다며 나를 만류할 지경이었다. 개운한 몸으로 넓은 홀로 나갔다. 번호표를 꼭 쥐고 사람들 틈에 섞여 자리를 잡았다. 한동안 황토매트를 선전하는 걸 지루하게 흘려들었다. 드디어 행운의 번호를 부른다. 주변이 조용해졌다. 연이어 다섯 개의 번호를 불렀지만 내가 쥐고 있는 번호는 꽝이다. 당첨된 여편네들이 엉덩이를 과장되게 흔들며 앞으로 나간다. 오늘은 컵라면 두 개와 수세미와 행주 한 세트로 끝이다. 지난달에는 내 번호가 당첨되어 스테인리스 냄비를 받기도 했다. 무거운 냄비를 들고 으쓱대며 집에 갔더니 형권이가 눈을 동그랗게 뜨고 내게 퍼부어댔다. 집에서 애를 보던가, 반찬이나 해놓을 것이지 걱정되게 어디를 나돌아다니냐는 것이다. 들고 간 보따리를 풀며 나의 성과를 자랑하려 했지만 그 잘난 게 몇 푼 되냐며 섭섭하게 굴었다. 다시는 가지 않으리라 내심 다짐했지만 위, 아래 층 여편네들이 같이 가자고 집에 들르면 어김없이 엉덩이가 번쩍 들리는 걸 나도 어쩌지 못했다. 놀이방에서 놀고 있는 손녀는 며느리가 데려올 테고, 반찬이라고 기껏 해놓으면 맛이 있네, 없네, 투정이나 하면서 다 늙은 늙은이를 집에 가둬놓으면 치매 걸릴 일밖에 더 있나.

　하긴 둘째 며느리를 생각하면 내가 집안일을 도맡아 해야 될 것만 같다. 그 애는 형권이가 새싹원에서 의무합숙교육을 받을 때 같은 기수로 들어온 동기였다. 유달리 싹싹한 그 애는 서비스업에 종사한 전력에 맞게 눈치가 빠르다. 북에 있는 형권이의 전처는 그쪽에서는 보기 드문 미인이었다. 탈북을 권했을 때 그 아이가 거부했다고 한다. 아마 아이가 없기 때문에 더 쉽게 거절했을지 모른다. 전처 집안의 당 성분은 상위권에 속했다. 형권이의 실종은 의문시 되었다가 곧 잊혀 질 것이다. 조용하고 담담한 성격의 전처에 비해 새 며늘애는 큰 입으로 늘 웃으며 형권이의 마음을 사로잡았을 것이다. 무엇보다 그 애가 가장 마음에 드는 건 전처와 달리 곧장 아이가 들어선 점과 아이를 척척 돌보는 것은 물론이요 2교대 근무를 하는 H마트 일을 하면서도 짬짬이 봉제 붕어에 눈알까지 꿰매는 것이었다. 아이가 세 살까지는 내가 거들어 주는 시간이 많았지만 네 살이 되자 정식으로 놀이방에 보내야겠다고 했다. 나와 형권이는 집에서 놀고 있는 노인네가 있는데 뭐하러 돈 들여서 놀이방에 보내냐고 했다. 둘째 며느리는 우리 가족은 서로 의식하지 못하지만 밖에 나가보면 우리 이북 사투리는 경상도, 전라도 사투리와는 다르게 저급한 취급을 받는다는 것이다. 아이의 언어교육은 물론이요 듣고 보고까지 경쟁에 끼어들려면 돈을 아껴서는 안 된다고 했다. 자기가 그만큼 더 골 빠지게 벌겠다고 하는 말에 우리 둘은 아무 말도 할 수 없었다.

새싹원에서 나오자마자 국비로 운영되는 자동차학원에서 정비 일을 배운 형철이는 바로 중소기업에 취업 할 수 있었다. 형철이는 자신의 선택에 만족하는 모양이다. 나는 형철이에게 욕심을 부렸다. 북에서 선생까지 했으니 여기 법대로 필기시험을 면제 받고 공무원을 하는 게 좋지 않을까 생각한 것이다. 그러나 형철이는 매사에 소극적이다. 형철이는 비록 남한이 같은 말을 쓰긴 해도 자기는 이 사회에 적응하는 게 어렵다고 했다. 서울 사람들과 얘기를 할 때면 등에서 식은땀이 줄줄 흐른다는 것이다. 분명 묻고 답하는 것은 맞는 거 같은데 뭔가가 자꾸 틀린 기분이란다. 문화적 이질감이라는 어려운 말을 한다. 하긴 나야 처지가 비슷한 이웃만 만나다보니 이곳 젊은이들의 빠른 대화에 동참 할 일이 없다. 형철이는 언감생심 꿈도 못 꿀 일이라고 했다. 내 눈높이만 낮추면 형철이는 그럭저럭 살 모양이다.

문제는 형권이었다. 녀석은 분명 적은 월급에 만족할 줄 모르는 성격이다. 행여 위험을 감수하고 모험을 즐기며 큰 판을 노릴까 걱정이다. 사람 사는 곳은 다 똑같다며 겁이 없는 게 문제였다. 그런 형권이를 채근하지 않고 기다려 주는 둘째 며느리가 나는 기특하기만 하다. 나중에 들은 말이지만 형권이의 신원조회는 유달리 까다로웠다고 한다. 일단 북에서의 직업이 이쪽으로 말하면 브로커라는 것이다. 뭔가 좋지 않은 일을 엮는 해결사 같은 거라 했다. 이쪽 입장에서 그런 직종을 달갑게 여길 리가 없었다. 그런 일을 하는 이의 도덕적 양심이 입증되지 않는 것은 당연했다. 특히 형권이의 야무지고 강한 눈빛이 부정적 시각으로 보면 '인성 불량자'로 보일 소지가 다분했다. 간혹 위장 탈북자를 걸러내는 마당에 대충 넘어가지는 않았을 것이다. 역시 북이든 남이든 공부 많이 한 사람은 혜택을 보게 마련이다. 형권이는 학벌과 돈 없이 그저 다부진 몸 하나로 버티어 왔다. 그런 형권이를 탓한다면 이쪽 사람들이 뭘 몰라도 한참 모르면서 배부른 소리를 하는 것이다. 쥐도 궁지에 몰리면 어차피 죽을 거 고양이한테 한 번은 덤벼 보지 않겠는가 말이다. 도덕이고 양심은 입에 풀칠이 되고난 다음 일이다. 게다가 위험한 일은 아무나 하는 게 아니다. 어지간한 뱃심이 없으면 근처에 서지도 못할 일이다. 어쨌든 형권이는 철저한 신원조회에서 결격이 없었고 간첩유무 과정을 당당하게 통과했다. 북이든 남이든 살아오면서 한 가지 확실하게 느낀 게 있다. 사회적 능력이 있어 주위 사람들의 신망을 받지 못할 바에는 차라리 악다구니 하나로 버티는 것이다. 이도저도 아닌 이들이 늘 고생바가지를 뒤집어쓰는 걸 많이 보아온 터이다. 악다구니도 아주 질긴, 주변에서 고개를 내저으며 똥이 무서워서 피하냐는 말이 나올 정도여야 한다.

처음 화곡동 아파트에 터를 잡았을 때 예상하지 못했던 고약한 이웃이 꽤 있었다. 한 젊은이가 강짜를 부리면 주변에서 살살 달래며 눈치를 보다가 그것으로 해결되지 않으면 맞불작전으로 같이 못된 짓거리를 해서 본때를 보이는 것이다. 더구나 북에서 여기까지 왔을 땐 너나 할 거 없이 한 성깔 하는 인물이 대부분이다. 온갖 생사의 턱을 수없이 넘으며 각오하고 온 사람들이다. 어디하나 만만한 사람은 없다. 어릴 적부터 일당백이라는 세뇌교육을 받은 자들이다. 저들이 충돌하면 이곳 경찰들은 엄두를 못내 멀리서 구경하기 일쑤였다. 싸움이 한 번 벌어지면 식칼과 망치는 눈요기로 등장한다. 장비가 거창할수록 사람들은 더 많이 몰려든다. 경찰차 대 여섯 대가 와도 싸움은 그치지 않고, 경찰은 끼어들지 않고 주변에서 보기만 한다. 어른들은 아이들을 대피시키고 구경한다. 조용하고 안정된 이 사회에서 이렇게 천한 밑바닥 욕을 듣고, 상체 벗은 몸을 보면서 후련함을 느끼는 표정들이다. 그토록 과격한 싸움이 결국 잠잠해진다. 경찰차의 경보음이 울리며 빙빙 돌아가던 빨강, 파랑 불빛이 시들해지는 이유는 딱 하나다. 아무리 악을 쓰며 싸우다가도 정착지원 중지나 종료사유에 해당되는 불상사가 생기는 것은 두려워하기 때문이다. 1년 이상 징역에 걸리는 불상사는 재수 없으면 순식간에 일어날 수 있기 때문이다.

이북 말투의 묘미는 싸울 때가 절정이다. 갈수록 싸움은 줄어들었다. 그건 그만큼 이웃과의 단절을 뜻한다. 여름이면 현관문을 열어놓고 왕래하던 이웃들이 소형 에어컨을 들여놓으면서 현관문은 굳게 닫혔다. 더불어 싸울 일이 점점 없어졌다. 싸움터의 그 거친 육두문자 발음소리를 언제 들었나 싶다. 경숙언니를 만나고 나서 한동안 낯선 느낌은, 언니의 말투가 기대했던 바와 영 달랐기 때문이다. 워낙 세월이 지났으니 물론 예전을 기대하는 일이 무리인 건 안다. 그래도 우선 함경도의 강한 사투리는 쉽게 잊혀 질 성질이 아니다. 지금도 가끔 함경도 도민회, 북청군 군민회를 찾는다. 6 · 25때 월남해 반세기 이상을 이곳에서 산 노인들 말투에 여전히 특유의 강한 억양이 살아있음을 보며 함경도의 질긴 핏줄기를 새삼 느끼는 것이다. 그런 마당에 경숙언니의 억양은 유야무야 희석되어 이것도 저것도 아닌 딱히 서울말 같지 않은 말투였다. 괜히 쓸데없는 트집을 잡는 것 같아 감정을 가다듬어 본다. 경숙언니에 대한 섭섭한 마음이 말투나 옷차림, 또는 조카들의 행동까지 싸잡아서 부정적으로만 보는 것 같다. 이게 다 속 좁은 늙은이의 심술이라 생각해 깊이 심호흡을 해본다.

삼거리만 지나면 이북 사투리는 사람들의 시선을 끈다. 이 아파트 단지가 생긴 초창기만 해도 사람들은 우리를 조선족이라고 했다. 요즘은 의례 우리를 아는 눈치다. 탈북자는 조선족만도 못한 취급을 받는다.

말이 탈북자지 그 과정이 중구난방으로 그 난이도는 전부 제각각이었다. 활달하고 싹싹한 둘째 며느리가 가끔 창밖을 보고 멍하니 앉아 있는 것을 보고 있노라면 그 애의 과거가 궁금해질 때가 있다. 형권이와 나는 그 점을 철저히 덮고 가기로 다짐했다. 그 애 스스로 말하지 않는 이상 묻지 않기로 했다. 북의 생활은 물론이요 탈북과정에서의 말 못할 사연들을 우리는 어느 정도 짐작할 수 있다. 둘째 며느리의 소개로 형철이 색시까지 얻게 되었다. 두 아들과 마찬가지로 새로 맞은 며느리 모두 제2의 인생을 시작하는 마당에 남다른 결의가 아니고는 다른 사람들의 생활보다 쳐지게 되어있다. 노인정에 나가면 별 듣기 험한 밑바닥 얘기가 난무했다. 나는 귀를 막고 자리를 털고 일어섰다. 다시는 갈 곳이 못되었다. 둘째 며느리는 H마트에서 맨 처음 생선코너에 있었다. 같은 마트에서도 젊고 세련된 여자는 가구, 의류, 침구류를 거쳐 급수가 쳐질수록 지하로 내려가 과일, 야채, 정육, 생선으로 내려가게 된다. 둘째 며느리는 지금 야채코너에서 일하고 있다. 그 애 목표가 아동의류라고 한다. 거기서 경험을 쌓아서

개인점포를 갖는 게 꿈이라고 했다. 새침하게 웃는 얼굴 외에
는 별다른 특징 없는 큰 며느리는 과일코너에서 일하고 있다.
다소 수다스런 둘째 며느리에 비해 큰 며느리는 별 말이 없고
늘 흔들림이 없는 표정으로 상대의 얘기를 열심히 들어준다.
선을 보고, 결혼을 한 뒤에도 난 아직 큰 며느리의 속을 모르
겠다. 자신의 의사를 좀처럼 내세우지 않고 그저 고개를 끄
덕이며 수긍만 한다. 처음에는 다소곳하고, 여성스럽다고 예
쁘게 보았는데 날이 갈수록 그 애를 보면 속이 터졌다. 늘 둘
째 며느리가 그 애의 통역을 맡았다. 형철이가 말이 없다보니
제 처가 마음에 드는 건지 아닌 건지 그 녀석의 마음도 알 수
가 없다. 형철이의 전처는 같은 학교 국어선생이었다. 형철이
의 아이는 다섯 살 때 폐렴으로 잃고 말았다. 형철이는 전처
와도 거의 말없이 지낸 눈치였다. 형권이의 탈북요청에 형철
이는 덜덜 떨고, 그의 전처는 무서워서 감당이 안 된다며 포
기했다고 한다. 아무리 부모 자식 간이라도 모든 걸 다 알 수
는 없다. 굵은 테두리만 어렴풋이 알다가 세월이 한참 지나고
나서야 알거나 이해되거나 하는 일이 다반사다. 자식 일에 깊
이 개입한다고 반드시 좋은 부모는 아닐 것이다. 우선 이 나
라에 적응하는 일이 급선무다. 이러저러한 규칙들, 하다못해
버스를 타고 지하철로 환승하고 엘리베이터를 타고 하는 모

든 일에 시간이 필요하다. 늙은 내가 힘든 부분이 있는 만큼 젊은 애들은 그 나름대로의 무게가 있을 것이다. 서두르지 않는 것, 서서히 흐름을 타고 젖어 드는 것, 그걸 기대해 볼 수밖에 없다.

형철이의 생일날, 나를 계속 전도하려는 목사님이 찾아왔다. 그는 우리가족을 데리고 굳이 복잡한 시내 한복판으로 들어갔다. 낙원동의 좁은 골목길을 깊이 들어가더니 서울에서 유명한 식당이라며 아구찜을 시켜주었다. 그때 둘째 며느리가 커다란 아구의 입모양을 흉내 내며 크게 웃었다. 그 애의 입이 그렇게 큰 줄 미처 몰랐다. 그리고는 이어서 둘째 며느리의 지난 날 이야기를 듣게 되었다. 겉으로 보기에는 무척이나 활달해 보이는 게 큰 입이 한 몫을 한 것 같기도 하다. 둘째 며느리의 아픔에 대해 깊이 생각해 본적이 없던 터에 참으로 뜻밖의 말을 듣게 되었다. 우선 우리 가족에게 오해하지 말아 달라며 두 손을 모아 쥐었다. 형권이와 나는 그저 고개를 끄덕였다. 둘째 며느리의 입에서 나오는 말은 마치 아구가 뱉어내듯 거침이 없었다.

둘째 며느리가 베이징 해당화 본점에서 서빙을 할 때 한국인 관광객이 많이 왔었다고 한다. 그들을 보면서 남한에 대해 막연한 꿈을 키울 무렵이었단다. 현지 중국인이 둘째 며느리에게 마음을 품었는지 날마다 찾아왔단다. 그게 눈에 거슬렸는지 지배인이 다음 달에 본국 송환을 시켜야겠다고 운을 띄었단다. 그러자 둘째 며느리는 갑자기 절박했단다. 찾아온 중국인과 겨우 의사소통이 되어 그 중국인이 지배인에게 거금의 뇌물을 썼단다. 한나절의 외출 허가를 받아 왕부정거리를 걷던 중 '모두 관광'이라는 녹색 깃발을 보고 중국인을 따돌렸다고 한다. 그 관광단은 웬 촌년이 자꾸 따라붙는 것을 의아하게 보았다고 한다. 마지막에 호텔 로비까지 들어와서야 까닭을 알고 가이드가 당황해서 우왕좌왕하더라는 것이다. 가이드가 이런 경우는 들은 바가 없다고 서울 본사에 연락을 취했단다. 다음날 가이드가 여자 옷을 여러 벌 건네주어서 그 중에 맞는 것으로 갈아입었단다. 오전 내내 그 팀에 묻어 다니다가 점심을 오리고기로 배불리 먹은 다음 서태후의 공원까지 갔단다. 거기에서 가이드가 탈북자를 돕는 목사님을 엮어 주었다는 것이다. 둘째 며느리는 그 중국인을 길에서 따돌린 뒤 한 번도 만난 적이 없지만 지금 생각해보면 생명의 은인이라며 아구처럼 능청스럽게 웃었다. 우리가족은 그저 멀뚱멀뚱 쳐다만 보았다.

까뒤집어 먼지를 털면 그 먼지는 내가 마실 판이다. 경숙 언니 일가를 어느 정도 가족으로 믿고 있던 마음이 무산된 마당에, 내 자식들의 새 터전은 우리끼리 일구고 씨를 퍼트려 나가야 한다. 이미 비빌 언덕은 어디에도 없고 그저 우리끼리 뭉치는 방법 외에는 도리가 없다. 어미 된 자로서 내가 그들에게 물려 줄 것은 손에 잡히는 게 아니다. 그저 보듬고 쓰다듬으며 살길을 찾는 것뿐이다. 정부 보조금이 석 달 뒤면 반 토막으로 줄어든다. 그걸 탓 할 수도 없다. 이쪽에서 우리를 불러서 내려온 게 아니기 때문이다. 우리는 사실 뭔가 요구할 권리도 없는 입장이다. 한국에서 태어나 맨 주먹으로 아파트 한 채를 마련하는 게 얼마나 많은 세월을 요구하는지 들어서 알고 있다. 우리에게 이렇게 거주할 공간과 기본 정착금, 생활보조금을 준 것은 요긴하게 받아썼다. 앞으로의 과제는 두 아들에게서 태어날 손자들이 이 땅에서 적응하고 그들의 뿌리를 확고히 내려가면서 북에서 온 사람들이라고 손가락질 받지 않고 살아가는 것이다. 우리끼리 아무리 애를 써도 이사회에 적응하는 건 역부족이다. 나는 내 자식을 위해 결단을 내렸다. 북에서는 표면상으로 종교를 인정하지 않지만 심정적으로는 불교나 무속이 아직 남아있다. 한여름 밤에 화곡동 뒷산 약수터에 올라가 내려다보면 빨간 십자가가 여기저기 솟아 있는 게 마치 공동묘지 같은 생각이 들 정도였다. 우리보다 먼저 정착한 이웃들은 대부분 아파트 단지 안에 있는 교회에 다니고 있었다. 새싹원에서 교육을 받을 때부터 이미 자원봉사로 나온 몇몇 목사님을 만나 본 적이 있다. 보잘 것 없는 나 같은 사람에게 그들은 매사에 성의껏 관심을 보여 주었다. 처음에는 낯선 사람에게 받는 관심이 무척 부담스러웠다. 내 가족이 아닌, 전혀 상관없는 이가 살갑게 다가오는 게 썩 달갑지 않았다. 일단 경계하게 되었다. 그러나 그들이 나뿐만이 아닌 모든 이들에게 친절한 미소로 성심껏 대하는 태도를 보고 더구나 잃을 것도 없는 내가 몸을 사리는 게 우스워지며 조금씩 경계심이 허물어졌다. 형권이를 만나서 기독교에 대한 긍정적인 생각을 듣고는 망설였다. 결정적으로 형철이가 탈북에 성공했을 때는 이미 마음이 완전히 기울어졌다. 매사 명확하고 빈틈없는 둘째 며느리가 교회를 다니는 걸 보면 손해날 이유는 없을 것이다.

교회, 이게 또 나한테는 새로운 도전의 세계였다. 하나님과 예수님이 같은 존재인지 이름만 달리 부르는 건지의 차이도 모르는 채 시작된 예배가 가슴에 와 닿을 리가 없었다. 그러나 남들이 하는 대로 눈을 감고 기도를 하는 순간 알 수 없는 눈물이 복받쳐 올라왔다. 그저 아무 생각 없이 끝없는 눈물이 흘러 내렸다. 그런데 이유 없는 눈물을 쏟아내고 나면 가슴이 뻥 뚫리며 일주일이 거뜬하게 지나갔다. 교회에는 탈북자를 위한 자원봉사 모임에서 양부를 맺어주는 프로그램이 있다. 우리 애들의 양부는 K대 사학과 교수가 맡게 되었다. 한 달에 한 번 씩 만나 그동안의 일이며 사회적인 고충을 털어놓고 의논하게 된다. 처음에는 낯을 가리던 형철이가 어느덧 양부를 손꼽아 기다리는 눈치였다. 가끔 단둘의 시간을 요청해서 한참을 소곤거린다. 상담과 충고를 통해 나름대로 사회에 적응을 해나가는 모양이다. 형권이는 둘째 며느리가 워낙 곰살가워 둘이서 수시로 의논하는 모양이다.

초저녁에 비가 오기 시작했다. 이 비가 그치면 겨울이 성큼 다가설 것이다. 잠자리에 들어서도 한동안 잠을 이루지 못했다. 겨울이 가까워지면 해마다 겪는 일이었다. 두만강의 살얼음 낀 강물을, 신발은 손에 들고 양말은 벗어 주머니에 넣고 맨발로 건너던 일이 자주 생각났다. 둔덕을 넘어 중국 땅을 밟고 며칠간 숨어 지내던 헛간이며 안내자를 따라 밤에만 움직이던 날들이 요즘 들어 더욱 생생해졌다. 그들은 나를 '히브리 사람'이라 불렀다. 그들만의 암호라 했다. 조선족들은 중국어를 잘해서 우리와는 확연히 구별되었다. 공안이 들이닥쳤을 때 탈북자를 가려내는 일은 중국어를 하느냐 못하느냐로 쉽게 구별되었다. 조선족들이 우리를 탈북자로 부르지 않고 성경에 나오는 '히브리 사람'이라 부르는 것은 같은 조선족끼리도 믿을 수 없기에 쓰는 말이라고 했다. 돈 몇 푼에 사람 목숨이 쉽게 오가는 것은 어제 오늘의 일이 아니라 했다. 북한에서도 살았는데 그 보다 더한 곳이 이 세상에 또 있을까. 이 정도의 일은 살벌한 축에 들지도 않는다. 돈에 얽힌 사연, 아니 그건 돈이 아니라 죽느냐 사느냐의 문제이다. 그저 조금 더 나은 옷을 입고 신발을 신고 아파트 평수를 늘려가는 문제가 아니라 당장 목숨이 뚝, 끊기는 절박한 일을 말하는 것이다.

처음 남대문 시장을 거닐며 보았던 수많은 가방과 구두, 여자들의 치장거리를 보며 이런 것들이 왜 이렇게 종류별로 가짓수가 많은지 도대체 이해가 안갔다. 내 두 며느리도 한동안 가방 하나에 신발 하나로 한 철을 버티더니만 몇 해가 지나면서 여러 개의 가방과 치장거리들이 늘어났다. 이 나라에 적응해 살아간다는 것은 이런 생활의 취향까지도 닮아가는 건가 보다. 숨어있던 조선족의 골방에 한국의 목사님이 방문했다. 목사님이 제일 먼저 주신 것은 얇은 성경책과 옷가지였다. 한국인 관광객처럼 꾸며야 된다기에 머리끝부터 발끝까지 새롭게 한국의 물품으로 치장했다. 그 때 스스로가 낯설어서 혹시 죽어서 혼이 다른데서 내 행세를 하는 게 아닐까라는 허무맹랑한 생각이 들었다. 하루가 지나 흑룡강성으로 자리를 옮기자 거기에는 나와 같은 처지의 두 가족이 엉켜있었다. 그들은 비교적 나이가 젊은 층으로 한 부부의 아내는 임신 중이었고, 다른 부부의 아이는 겨우 네 살 남짓한 여자아이였다. 어찌된 일인지 우리는 같은 비행기를 타지 못했다. 나중에 알아보니 네 살 여자아이를 데리고 있던 부부는 끝내 한국 땅을 밟지 못했단다. 내 담당 지도관에게 까닭을 물었지만 아무런 대답을 듣지 못했다. 임신 중이던 새댁은 새싹원에서 교육을 받던 중 사내아기를 출산했다고 한다.

전화벨이 요란하게 울리는 소리가 꿈결같이 들렸다. 형권이의 웅얼거리는 목소리가 들리기도 했다.

아침밥을 먹을 때였다. 형권이가 내 얼굴을 살피며 입을 떼었다. 우선 좋은 일자리가 생겼단다. 형철이가 소개 시킨 견인차 업체란다. 차에서 대기하다가 사고현장에 총알같이 달려가는 일이며, 처음에는 조수석에 앉아 일을 좀 배워야한 다고 했다. 무엇보다 둘째 며느리의 눈치에서 조금 해방되려나 싶었다. 곧이어 하는 말이 경숙언니가 치매란다. 자기 자식도 몰라본다는 것이다. 어미가 제 자식을 몰라보면 이미 모든 게 끝이 아닌가. 사람이 죽어 땅 밑에 묻혀야만 죽은 것은 아니다. 기억의 창고가 까맣게 뒤엉켜 있다는 건 죽음보다 더한 생매장이 아니겠는가. 나는 잠시 멈칫했던 숟가락을 입으

로 가져갔다. 어서 먹자. 정신 놓기 전에 잘 먹어두자. 그 말
밖에 달리 할 말이 없었다.

연희당

연희당

연희당 현판이 내려온다. '당'자의 ㅇ부분에 곰팡이가 말라 붙어 있다. 단원 두 명이 양쪽을 잡고 연희당 현판을 입구 쪽 벽에 세워 놓았다. 먼지가 두꺼웠는지 잡았던 곳에 손가락 자국이 찍혀 있다. 현판이 붙어 있던 타원형 자리가 하얗다. 조연출이 뜰 한쪽에서 삼겹살을 굽고 있다. 냄새가 진동한다. 아침부터 연희당을 정리하던 단원들이 슬슬 삼겹살 쪽으로 몰려간다. 나는 상추 한 소쿠리를 삼겹살 옆에 놓고 연희당을 들여다보았다. 붓글씨 책상으로 쓰던 커다란 나무판은 이미 빠개져 삼겹살을 구어 냈다. 벽지로 붙여놓은 한지는 군데군데 얼룩져 있었다. 임선생의 한숨 섞인 담배 연기가 배어 있는 거 같았다. 도배를 하고 마룻바닥에 왁스칠을 하면 그런대로 단원들의 연습장으로 안성맞춤일 것이다. 남편은 한쪽 벽면에 통 거울 붙이는 작업을 지켜보고 있었다. 방송국 PD에서 정년퇴직한 남편이 극단을 인수해 첫 번째 작품을 연출하려는 것이다. 모두 제 할일이 있건만 나는 뭘 해야 할지 모르겠다. 초겨울의 쌀쌀한 기운이 어깨를 움츠리게 한다. 카디건을 한껏 가슴 쪽으로 끌어당기며 연희당 뜰을 지나 다섯 걸음 되는 길을 건너 집으로 왔다.

현관 앞 개집에서 임선생이 키우던 스피츠 헤롱이가 오른쪽 앞다리를 절며 인사치레로 나온다. 헤롱이의 흔들리는 꼬리에는 아무 반가움이 묻어나지 않는다. 내가 먹이를 주는 것에 대한 예의라는 생각에 착잡해진다. 헤롱이를 데려가지 못한 임선생이나 따라가지 못한 헤롱이 처지가 안타까웠다. 거실에 앉아 연희당을 내다보았다. 남편이 삼겹살을 먹고 있었다. 남편은 역시 내가 옆에 없어야 편한가 보다. 남편이 방송국을 그만 둘 때까지 나는 늘 살얼음판 위에서 살았다. 그의 주변에 얼쩡거리는 대부분의 여자 탤런트를 다 의심할 정도였으니 남편이 꽤나 피곤했을 것이다. 남편은 대수롭지 않게 생각해도 내가 견딜 수 없어 정신과 치료를 여러 번 받았다. 의부증이라는 말에 내 자존심이 상했다. 그나마 내 마음을 누그러뜨리는 건 외동 딸 현지였다.

우리 가족은 작년 봄에 현지가 대학생이 되고나서 북한산 전원마을로 이사를 왔다. 서울의 끝, 서북 경계선에서 이십 분 거리의 이곳은 한창 대입을 준비하는 자녀가 있으면 이사 올 엄두가 안 났을 것이다. 대학에서 겨우 두 학기를 마친 현지가 올해 초 중국으로 유학을 가버렸다. 친구처럼 생각했던 현지가 유학문제 만큼은 내게 거리를 두었다. 분명 내가 반대할 거라는 생각이 앞섰던 모양이다. 현지는 그동안 나의 애정을 집착으로 받아들였나 보다. 그 애는 공부보다 내게서 벗어나기 위해 유학을 택한 것인지 모른다. 나는 섭섭하다 못해 배신감까지 느꼈다. 남편은 덤덤했지만 나는 나를 다시 되돌아보게 되었다. 그 때부터 온 몸이 바닥에 눌어붙은 듯 아무 것도 하기 싫어졌다. 하루 종일 누워만 있고 싶었다. 남편은 그동안 동네를 나다니며 이웃을 사귀는 눈치였다. 그 중 우리 집에서 다섯 걸음이면 뜰로 바로 들어서는 연희당 임선생과 자주 어울렸다.

임선생은 일단 외모가 눈에 띄었다. 길게 기른 머리는 항상 검은 고무줄로 묶었다. 생활 한복을 입고 검정 고무신을 신은 모습이 일단 예사롭지 않았다. 나는 임선생이 소설가 이외수와 비슷하다고 했다. 남편은 그의 첫 인상이 그럴지는 몰라도, 추사 김정희 쪽이 오히려 가깝다며 격을 높인다. 일단 글씨체도 임선생 주특기가 예서인데다가 고향도 김정희와 같은 충남 예산이란다. 고서 자료에 의하면 김정희도 저렇게 키가 작고 몸집이 아담했다는 것이다. 또한 그의 성격이 연약한 것 같지만 내공이 깃든 게 나이가 훨씬 어린데도 결코 하대할 수 없더란다. 그 점은 임선생과 얘기 해본 사람이라면 누구라도 느끼는 부분이다.

　아침에 눈을 떴을 때 축축한 비 냄새가 났다. 요즘은 유난히 비가 자주 내렸다. 작년처럼 봄에 황사가 심하지 않고 여름으로 들어가는 중이다. 거실 커튼이 반 정도 젖혀 있었다. 남편이 한 일이다. 남편은 뭐든지 반쯤에서 마무리한다. 그래야 안심하는 눈치다. 남편은 많은 사람과 공동작업 중에도 결정적인 판단은 혼자 해야 할 때가 많았다. 그런 일들이 그의 성격을 절충식으로 바꾸어 놓았나보다. 남편은 지금 우비를 입고 북한산 언저리를 걷고 있을 것이다. 남편은 이른 아침 산책을 즐긴다. 반면에 나는 이십여 년 만의 게으름을 한껏 즐기고 있다. 일주일에 하루 정도나 나갔다 올까, 거의 날마다 집에 있는 남편은 요즘 희곡을 쓰고 있다. 남편의 일이 한창 바빴던 사십 대에는 일주일에 하루도 들어오기 힘들 때가 많았다. 그런 날이면 나는 여자 탤런트를 남편과 엮어 불순한 상상을 하며 내 젊은 시절을 갉아 먹었다. 그러나 정작 요즘 와서는 하루 종일 집에 있는 남편이 불편하고 끼니를 챙기는 건 여간 귀찮은 게 아니었다. 현지를 어떻게 키웠나 싶을 정도로 아무것도 하고 싶지 않았다. 비 오는 날의 산책을 더욱 즐기는 남편에 비해 나는 거실에 커튼을 치고 약간 어스레한 상태로 소파에 앉아 그저 가만히 있는 것이 좋다.

보슬비가 내려서인지 약간 으슬으슬 했다. 얇은 카디건을 걸치고 창가에 앉았다. 건너편 연희당 뜰에 노란색 우비를 입은 임선생이 웅크리고 앉아 모종삽을 쑤석거리고 있다. 남편은 혼자 지내는 임선생을 안쓰러워했다. 임선생이 거주하는 곳. 연희당이라는 현판 하나가 덜렁 걸려 있는 이십여 평의 창고 같은 공간은 처음에 순두부 파는 식당이었다고 한다. 몇 년 전 고양시 구청 위생과에서 그린벨트 지역이라고 영업정지를 했단다. 주인도 어쩌지 못하고 버린 공간을, 임선생이 들어와 실내 인테리어를 다 걷어내고 붓글씨 쓸 작업실로 만들었다고 했다. 내가 이사 오기 전의 일이니 자세한 건 알 수 없다. 연희당에는 가끔 동네 아이 서너 명이 몰려 들어갔다. 서울시에서 벗어나 승용차로 이십 분 정도 걸리는 북한산 길목에 학원이 있을 리 없다. 이 동네 몇몇 초등학생이 평일에는 서울에서 학원을 다니고 주말에는 연희당에서 서예를 배

우는 모양이다. 날짜 감각이 무딘 내가 연희당을 내다보고 토
요일인지 알 때도 있었다. 밤늦은 시간에 남편은 가끔 소주병
을 들고 연희당으로 건너갔다. 그런 다음날 아침 눈을 떠보면
옆에 남편이 보이지 않을 때가 많았다. 남편은 임선생이 요즘
보기 드문 사람이라 했다. 나이는 적어도 마흔이 되어 보이
고, 말이 속인이지 실제로는 마치 스님 같다고 했다. 스님 기
준을 무엇으로 잡은 건지 모르나 영 틀린 말은 아닌 것 같다.

웅크리고 있다가 불쑥 일어선 임선생은 꽃이 가득 담긴 화
분을 들고 있었다. 화분에 심은 주황과 주홍, 진노랑색의 꽃
봉오리가 간들간들했다. 임선생은 연희당 입구에 화분을 내
려놓았다. 곧이어 우비 모자를 벗고 담배를 꺼내 피웠다. 화
분 옆에 쪼그리고 앉아 있는 임선생의 왜소한 몸체는 마치 민
들레가 피어 있는 거 같다. 버스럭대며 우비 벗는 소리를 못
들었는데 어느새 남편이 가까이 와 있었다. 뭘 그리 열심히
내다 보냐며 옆자리에 앉은 남편이 창밖을 내다보더니 웃는
다.

"또 연희 타령이군."

의아하게 쳐다보는 내게 남편이 물었다.

"당신은 무슨 꽃을 좋아해?"

뜬금없는 질문에 잠시 머뭇거렸다. 남편은 두 손을 마주

비비더니 탁자에서 담배를 집어 든다. 그 때 연희당 뜰로 흰 색 소형 승용차가 들어가는 게 보였다. 쪼그리고 앉아 있던 임선생이 튕기듯이 일어난다. 차 문을 열어 주는 임선생 우비 는 이미 반쯤 벗겨져 있었다. 차에서 나오는 여자를 금인 양 옥인 양 우비로 감싼다. 연희당으로 들어가려던 여자는 화분 앞에 서서 임선생에게 무어라 말한다. 임선생이 말할 때 남편 이 따라 말한다.

"당신이 너무 보고 싶은데 볼 수가 없으니 당신이 좋아하 는 한련화라도 바라볼 수밖에."

남편의 애드리브에 맞추어 여자는 감격한 듯이 임선생을 끌어안는다. 나는 남편을 쳐다보았다.

"임선생에게 들은 말이야. 저 여자가 연희야. 저 한련화 잎 사귀가 꼭 연꽃 이파리처럼 생겼어. 저 여자가 좋아하는 꽃이 라더군."

나는 불쑥 그 여자를 따라 들어가고 싶었다. 임선생이 저 토록 열정적으로 사랑하는 여자에게 호기심이 생긴 것이다. 남편은 그 여자를 여러 번 보았단다. 여자가 오는 시간은 들 쭉날쭉 했다. 임선생은 일주일에 한 번씩 연신내 재래시장에 서 생필품을 사던 것을 한 달에 두 번으로 줄였다. 그 때문에 임선생과 함께 시장가는 걸 즐기던 남편은 혼자 나갈 때 시큰

둥해졌다. 보슬비 오는 한 낮에 여자가 두 시간을 기다리다 가버린 뒤로 임선생은 특히 비 오는 날은 연희당을 벗어나지 않았다. 임선생은 돗자리만한 텃밭에 여자가 좋아하는 겨자채를 가꾸었다. 삼십 여 포기 남짓한 조그만 터를 수없이 들여다보는지 거실에서 내다보면 그 앞에 있는 임선생이 자주 눈에 띄었다.

한동안 여자의 그림자가 비치지 않은 적이 있었다. 아침부터 임선생은 연희당 입구에서 얼쩡거렸다. 내가 거실에 앉아 신문을 볼 때도, 커피를 마실 때도, 늦잠을 자고 난 남편이 모처럼 감자 수제비를 끓였을 때도 임선생은 주인을 기다리는 강아지처럼 드물게 지나가는 차량이나 사람들을 눈으로 훑고 있었다. 남편이 임선생을 부르러 다녀와서는 고개를 내저었다. 쫄쫄 굶었을 임선생이 안쓰러웠다. 나는 수제비 한 그릇을 쟁반에 받쳐 들고 나갔다. 내키지 않아 하는 임선생 앞에 수제비를 억지로 들이밀었다. 빈 그릇을 받아들고 돌아서기 전에 나는 보았다. 임선생 얼굴에 퍼져 나가는 웃음기를. 나도 모르게 임선생의 시선을 따라 갔다. 하얀 승용차, 그 여자였다. 챙이 넓은 베이지색 모자를 쓴 여자를 처음으로 가까이 보았다. 키가 작고 얼굴이 가무잡잡했다. 여자와 눈이 마주친 나는 고개를 까딱 했다. 여자는 수줍은 듯 웃으며 고개를 숙였다. 저녁 뉴스를 보고 나서 차를 마실 때 하얀 승용차는 어둠 속에서 희부윰하게 보였다.

며칠간 임선생의 표정은 날아갈 듯했다. 임선생의 얼굴이 시들어 갈 무렵 여자는 다시 나타났다. 그러나 이번에는 혼자가 아니었다. 검은색 승용차에서 덩치 큰 오십 대쯤의 남자와 함께 내렸다. 멍하니 밖을 내다보던 나는 호기심이 동하기 시작했다. 남편이 가꾸는 텃밭에서 상추를 뜯어 소쿠리에 담으며 임선생네 분위기를 살폈다. 세 사람은 연희당에서 녹차를 마시는 것 같았다. '삑' 소리에 돌아보았다. 남편 차다. 차에서 내린 남편이 내 쪽으로 온다.

"당신이 웬일이야. 밭엘 다 나오고."

내가 연희당을 의식했나 보다. 남편도 연희당을 바라본다. 좁은 동네에서 낯선 승용차는 금방 눈에 띄기 마련이다. 남편이 내미는 손을 잡고 집 안으로 들어왔다. 남편은 상추를 씻어 소쿠리에 담아 물을 뺐다. 그리고 냉장고에서 쌈장을 꺼냈다. 내가 상추를 먹고 싶어서 딴 줄 아나보다. 남편도 이제 늙어간다. 평생 부엌일이라면 쳐다보지 않더니 이 동네에 들어오고 나서 변하기 시작했다. 이곳 생활이 때로는 캠핑을 온 듯한 모양이다. 이른 저녁을 먹고 거실에 앉았다. 설거지까지 기꺼이 한 남편이 잔 두 개를 들고 왔다. 내게 투명한 유리잔을 내민다. 노란색 유자차다. 남편은 투박한 토기 잔에 인스턴트커피를 진하게 타서 마신다. 늦게 잘 모양이다. 남편은 요즘 희곡을 쓰느라 뉴스도 보지 않는다. 넓은 거실에 혼자 앉아 텔레비전을 보고 있는 내 모습이 왜 이렇게 처량한지 모르겠다. 다른 이들은 저마다 자기만의 일이 있을 것이다. 나는 하루 종일 똑같은 날들이 갈수록 답답해진다. 이럴 때는 현지 생각이 간절하지만 이제는 예전의 현지가 아닐 것이다. 현지는 내가 쏟는 애정이 부담스럽다고 했다. 이제부터라도 나만의 시간을 갖는 법을 찾아야겠다. 어차피 사람들과 어울리는 게 맞지 않다면 혼자 할 수 있는 게 뭘까. 임선생한테 붓글씨를 배우는 건 어떨까. 남편은 뭐라 할까. 임선생이 연희라는 여자에게 엉겨 붙던 몸짓이 생각났다. 임선생은 그 여자의 발이라도 씻겨 줄 것만 같다. 연희당에 불빛이 없었다. 승용차는 보이지 않았다. 임선생이 함께 외출한 것 같다.

남편이 흔들었다. 텔레비전을 켜놓고 소파에 앉은 채로 잠들었는지 목이 아팠다. 그 와중에 연희당에 불이 켜졌는지 살폈다. 불은 꺼져 있었다.

"임선생 오늘 외박하나 보다."

남편이 의외라는 표정을 지었다.

"당신 임선생한테 꽤 신경 쓰네. 지금 새벽 두신데 아직도 안자겠어. 열두 시 쯤 택시타고 들어오더라고. 그나저나 임선생 참 안됐어. 법적으로 엄연한 마누라하고 한 이불 속에서 맘 편히 잘 수 없으니.”

나는 ‘마누라’ 소리에 귀가 솔깃했다.

“마누라가 어디 있어요?”

“연희라는 여자.”

도대체 무슨 소리인지 알 수 없었다. 남편은 대충 설명했다. 지난번 내가 밭에서 상추 따던 날, 연희랑 같이 온 남자가 연희를 중국에서 데려 왔다는 것이다. 그 과정에서 비자 때문에 임선생과 연희가 서류상 혼인신고를 했던 거란다. 서류관계로 만나다가 나중에는 실제로 둘 사이에 정이 들었지만 처음 일을 벌인 자가 물러나지 않아서 어정쩡하게 있다는 것이다.

임선생은 왜 하필 그렇게 힘든 사랑을 하는지, 모든 일이 억지로는 안 되지 싶었다. 그때부터 나는 가끔씩 나타나는 여자를 눈여겨보기 시작했다. 조선족이라는 사실을 알고부터는 어쩐지 여자가 촌스럽게 느껴졌다. 그러나 한편으로는 꽃집에서 파는 세련된 서양 꽃들 보다 한갓진 들에 핀 자연스런 들꽃, 아니 마른 몸매가 간들거리는 것이 낭창낭창한 한련화 줄기 같기도 했다.

빗줄기가 차츰 굵어졌다. 가을에 쌓였던 낙엽이 비를 맞으면 떨어지는 빗방울의 힘에 냄새가 튀어 오르는 것 같다. 나는 낙엽이 썩기 전의 이 냄새가 좋았다. 마당에서 삼겹살을 구워 먹던 분위기가 이미 한풀 꺾여 있었다. 잠깐 사이에 단원들은 모두 연희당으로 들어가 버렸다. 초록색 비닐천막이 요긴하게 쓰였다. 연희당에 간이 샤워 실을 만들기 위한 약간의 시멘트, 모래, 자갈과 삽이 천막 안에 동그랗게 몰려 있었다. 단원 모두 들어갔으니 엎어진 김에 쉬어간다고 오늘 일이 더디 끝날 것이다. 이 비가 그치고 나면 기온이 떨어질 것이다. 더 추워지기 전에 공사를 끝내야 한다. 공사를 시작 했을 때 가장 비중 있는 것은 아무래도 벽난로였다. 남편이 일단 주인에게 허락은 받았지만 막상 만들려다보니 연료로 쓸 나무가 문제였다. 운치도 있고 나무를 사는 건 문제가 아니었지만 한편으로 나무를 태워 없앤다는 게 영 내키지 않아 형태는 벽난로를 갖추되 연료는 가스를 쓰기로 했다. 시멘트가 마르고 페인트칠 하는 것 까지 이번 주 내로 끝날지 모르겠다.

남편은 이번 희곡을 쓰는데 긴 시간이 걸렸다. 방송 일을 할 때도 남편은 언제나 극본이 우선이었다. 드라마 극본이 맘에 들지 않으면 일이 언제까지고 미루어졌다. 캐스팅이 아무리 중요해도 연기자는 상황에 따라 바꿀지언정 극본만큼은 녹록치 않았다. 연극 연출은 처음이어서 남편이 나름대로 긴장하고 있는 것 같다.

단원 한 명이 종이 접시에 삼겹살 몇 조각을 담아 들고 이쪽으로 오고 있다. 아마 헤롱이에게 주려나 보다. 식사 시간이 일정치 않은 임선생은 헤롱이의 사료를 자동 주입기에 넣어 두고 헤롱이가 언제든지 먹을 수 있게 했다. 가구 하나 변변한 게 없는 임선생에게는 그 기구가 적지 않은 금액이었을 것이다. 간혹 헤롱이가 목욕을 한 날이면 회색 털이 금세 솜같이 폭신해 보이는 순백색으로 변했다. 눈빛이 맑던 헤롱이가 앞다리를 절고부터는 사람을 경계하며 눈동자가 수시로 움직였다. 사고 당시 충격이 컸던 모양이다.

그날은 비가 조금씩 거의 하루 종일 왔다고 한다. 임선생을 찾아온 연희와 반나절을 보내고 저녁을 먹은 다음, 임선생은 연희 차를 타고 서울시 경계선까지 갔단다. 연희를 보낸 다음 버스를 타고 마을 어귀에서 내려 걸어오던 중이었단다. 가는 비가 오는 둥 마는 둥 내리고 있었고, 임선생이 담배를 피우기 위해 라이터를 켰다고 한다. 그 순간 뒤에서 느닷없이 검은 승용차가 임선생 쪽으로 돌진해 왔고 반대편에서는 헤롱이가 미친 듯이 달려왔다고 한다. 헤롱이가 갑자기 달려들자 운전하던 이가 놀랐던 모양이다. 승용차의 앞바퀴가 헤롱이의 오른쪽 앞다리를 쳤단다. 임선생이 헤롱이를 들어 올리자 앞다리가 온통 피범벅이었단다. 그 일이 있고나서 임선생과 연희는 달라졌다. 승용차로 오던 연희가 가끔 택시를 타고 왔다. 점차 연희가 오는 것보다 임선생이 나가는 횟수가 늘어났다.

임선생이 나가고 연희당 문이 닫혀 있는 날은 나의 무료함이 더했다. 특히 오후 서너 시 쯤 한창 나른할 때 거실에서 연희당을 내다보면 나는 마치 그림엽서를 보는 거 같았다. 외벽을 황토로 발라놓은 단순한 단층 슬래브 건물인데 주황과 주홍, 노랑의 한련화에 둘러싸여 연희당 자체가 연꽃처럼 물 위에 떠있는 것 같았다. 더구나 임선생이 만든 개집은 색깔이 제각각인 나뭇조각을 이어 붙여 멋스럽게 보였다. 개집 앞에 깔아 놓은 멍석에 길게 누운 헤롱이는 개 팔자가 상팔자라는 말을 여실히 보여주었다.

이 동네에서 비교적 자주 모이는 주민들은 은근히 임선생 일에 표 안 나게 관심이 많았다. 임선생 나이로 봐서 한번 쯤 결혼을 했을 거다, 그렇다면 아이도 있지 않겠냐. 아니다, 임선생은 아내에 맞춰 살지 절대 이혼할 사람이 아니다라는 등 제각각 의견이 달랐다. 이웃이 모임을 가지면 주로 삼겹살을 먹었다. 육식을 즐기지 않는 임선생을 위해 남편은 특별히 모둠회를 주문하곤 했다. 모둠회 접시가 임선생 앞에 놓이면 임선생은 황송한 듯 나무젓가락 굵기와 비슷한 손가락으로 나무젓가락을 조심스럽게 가르고 미안한 듯, 한 점씩 입으로 가져갔다. 새 신랑도 아니면서 뭘 그리 수줍어하냐고 한마디 하면 그나마도 먹던 손짓이 멈췄다. 그러다 보니 농담이 조심스러웠다. 임선생은 한쪽에서 조용히 차를 마실 뿐 여럿의 대화 속으로 깊이 들어오지 않았다. 누군가 임선생에게 중매를 선다고 하면 저 한 몸도 주체 못해 절절 맨다고 엄살떨기에 급급했다.

여름방학에 오겠다던 현지가 오히려 내게 들어오라고 했다. 갑작스런 결정으로 혼자서 3박 4일 간 북경 방문을 마치고 돌아왔다. 대문에 들어서자 현관문 앞에 누워있던 헤롱이가 느린 동작으로 내 눈치를 살피며 꼬리를 살살 흔들었다. 헤롱이가 왜 우리 집에 있는지 이상한 느낌에 연희당을 돌아다보았다. 연희당 문짝이 떨어져 기둥에 삐딱하게 세워져 있었다. 현관 열쇠를 어디다 두었는지 생각나지 않았다. 캐리어 속인지 확실치 않았다. 핸드백에서 꺼두었던 핸드폰을 꺼내 전원을 켰다. 그러고 보니 공항에서 미리 전화를 하지 않았다. 어쩌면 남편을 의심하는 마음이 아직 남아 있는지 모르겠다. 느닷없이 방문을 열고 들어가 뭔가를 확인하고 싶었던 게 아닐까 생각하다 스스로 어리석다는 비웃음이 흘렀다. 이미 정해진 일정이 아닌가 말이다. 내게는 평생 나만의 일, 나 아니면 할 수 없는 어떤 일이 없었던 게 결정적인 실수였다. 나의 일이 있었다면 이렇게 유치한 상상이나 하면서 시간을 허비하지 않았을 것이다. 거실 창은 역시 커튼이 반 정도 쳐져 있었다. 유리문이 꼭 닫혀 있는 걸 보니 에어컨을 틀었나보다. 그러나 에어컨 실외기는 멈춰 있었다. 내가 건 전화 벨소리가 밖에서도 가늘게 들렸다. 남편이 없나보다. 식은땀이 흐르고 호흡이 가빠졌다. 나는 가슴을 두어 번 쓸어 내렸다. 의부증이 완치 됐다고 확신했었다. 아니 확신하고 싶었다. 현관 앞에 짐을 둔 채 연희당으로 건너갔다.

떨어진 문짝을 지나 실내로 들어갔다. 접이식 간이침대를 가려놓았던 대나무 발은 뜯겨졌고 바닥에는 두 동강이 난 벼루가 먹물을 뿌려 놓았다. 붓걸이는 나뒹굴고 연적 서너 개는 깨져 있었다. 책상 위에는 미처 쓰지 않은 화선지를 구겨서 던진 듯 구름 솜처럼 쌓여 있었다. 나는 다른 것보다 화선지를 보고 화가 치밀어 올랐다. 임선생은 늘 종이 값, 이라고 생활비의 수치를 종이 값으로 환산하는 버릇이 있었다. 어쩌다 이웃이 가훈 한 점을 부탁했을 때, 그냥 봉투를 들이밀면 사양하다가 종이 값이라면 주저 없이 받았다. 다른 사람에게는 별거 아니라도, 누구나 최소한의 자존심이 있어 그런 것이 무시되었을 때 보통은 과도한 반응을 보이지 않던가. 더구나 화를 발산하지 못하는 임선생의 성격은 속으로 삭히는 정도가 더욱 심했을 것이다.

집으로 건너와 뜰의 흰색 플라스틱 의자에 앉았다. 파라솔 그늘이 의자에서 조금 벗어나 있다. 남편의 휴대전화 번호가 생각나지 않았다. 수첩을 꺼내 번호를 찾았다. 신호가 서너 번 울리자 남편 목소리가 들렸다. 남편이 거실 커튼을 마저 젖히고 유리문을 연다. 가슴이 뻥 뚫리는 것 같다. 늘 남편의 알리바이가 성립되는 순간 안도와 동시에 나의 예상이 빗나간 것에 짜증이 나거나 심지어 다른 상황을 상상한다. 지금도 실망과 동시에 내가 연희당을 둘러보는 동안 남편이 어떤 계집인가를 밖으로 빼돌렸을지 모른다는 생각이 나를 괴롭힌다. 러닝셔츠를 입은 남편은 자다 깬 표정으로 현관문을 열었다. 황급히 일을 처리하고, 자고난 듯 행동하는 게 연기일지 모른다는 생각에 내 머리를 쥐어박고 싶어진다. 집 안을 둘러보며 쓰레기통까지 유심히 들여다보는 자신이 한심했다.

오랜만에 깊은 잠을 잤다. 남편은 아직 자고 있다. 새벽에 잠든 모양이다. 현관문을 나섰다. 연희당 입구와 마당 가장자리에 피어 있는 한련화가 애처롭게 보였다. 마당 한 귀퉁이 좁은 텃밭 가장자리에도 뺑 돌려 심어져 있는 한련화가 오늘 따라 처량하게 느껴졌다. 겨자채는 이빨 빠진 듯 듬성듬성 뿌리가 뽑혀 있다. 주인이 돌보지 않은 티가 난다. 불과 며칠 사이의 일이라고 믿어지지 않았다.

그날 남편은 새벽에 잠들었다고 한다. 잠결에 자동차 시동 소리를 들은 것 같단다. 좀 더 확실한 건 여러 명의 사내들이 연희당 문짝을 부수고 한동안 난동을 피웠다는 것이다. 그렇다면 임선생이 떠나고 나서 사내들이 부쉈다는 얘기였다. 남편이 경찰에 신고하고 경찰차가 출동 했을 때는 사내들이 이미 가버린 다음이었단다. 그날의 불분명한 일들은 그대로 덮어졌다. 동네사람들은 그저 임선생이 복잡한 사연을 안고 떠난 걸로 생각한단다. 남편은 임선생이 연희와 떠났을 거라 했다.

다시 지루한 날이 계속되었다. 일주일 쯤 지나서 연희당 뜰에 갔다. 텃밭은 이미 누리끼리한 떡잎으로 덮여 있었다. 한련화는 여름 내내 피고지고를 반복하다가 이미 줄기에는 꽃봉오리 보다 떡잎이 더 많이 휘어 감고 있었다. 서서히 페가(廢家)의 냄새가 나기 시작했다.

하루 종일 개 줄에 묶여있는 헤롱이가 안쓰러워 함께 산책을 다니기 시작했다. 앞다리를 저는 헤롱이에게 보조 맞추기가 힘들어 줄을 풀어 놓고 다녔다. 헤롱이는 줄을 풀자마자 연희당으로 달려간다. 우선 실내를 한 바퀴 돌고 마당을 골고루 돈다. 특히 입구 양쪽 화분에 꽃이 다 저버린 한련화 줄기에 코를 대고 냄새를 맡을 때 나는 코끝이 찡해진다. 동네 어귀를 여러 번 돌고 자동차가 다니는 큰길 쪽을 망연히 바라보는 헤롱이가 내 마음을 아리게 했다. 임선생이 다시는 이곳에 나타나지 않을 거라는 확신이 서는데도 헤롱이와 같은 기대감이 내게 있는가보다. 처음에는 동네에서 뱅뱅 돌던 산책이 점점 범위를 넓혀 갔다. 나는 어느덧 남편의 산행에 합류할 여유가 생겼다. 그럴수록 헤롱이가 내게서 멀어져 갔다. 나 혼자 나가면 반기다가 남편과 함께 현관을 나서면 헤롱이는 이내 포기하는 눈빛이었다. 멀리 가는 산행에 다리 저는 헤롱이는 무리였다. 제대로 등산코스를 밟으며 나의 늘어졌던 정신이 다져지는 걸 느낀다.

찬바람이 불기 시작할 때 남편의 희곡이 완성되었다. 남편은 일단 대본이 결정되면 그때부터 밀어 붙이는 추진력을 가진다. 장기적으로 쓸 공간이 필요했다. 흉측하게 변해가는 연희당을 남편이 임대하기로 했다. 주인은 기꺼워했다. 그 공간은 작업실 외에 달리 쓸모가 없었기 때문이다.

첫눈이 내렸다. 첫눈 치고는 많은 양이었다. 남편은 아직 자는 모양이다. 아이들과 개들은 눈을 좋아하는 법이다. 헤롱이를 풀어 놓으려고 현관문을 열었다. 헤롱이가 보이지 않았다. 개 줄과 자동 사료기도 없었다. 우선 남편을 깨우는 게 나을 것 같았다. 남편은 안경을 낀 채로 팔을 베고 옆으로 누워 있다. 남편은 다 써 놓은 극본을 계속 고치는 중이다. 희곡은 글로 쓴 것과 현장에서 대사로 쳤을 때 느낌이 전혀 다른 경우가 허다했다. 아마 연극 무대에서 마지막 공연을 하는 날까지 고칠 것이다. 몇 번을 흔들어도 남편은 반응이 없었다. 두 손으로 살짝 안경을 벗기니 그제야 깨어난다. 흰자위가 빨갛다. 남편에 비하면 나는 내 인생을 방치한 게 아닌가. 자신의 일에 이토록 열성을 갖고 산다는 건 축복일 것이다.

"헤롱이가 없어요."

순간 남편의 얼굴이 굳으려다 풀어진다. 그리고 머리맡의 담배를 끌어당긴다. 나가보지 않느냐는 내 표정을 남편은 무심하게 본다. 막상 남편이 잠옷 바람으로 나가려하자 나는 오리털 파카를 그의 등에 걸쳐 주었다. 개집 앞에 서 있는 남편은 담배 한 대를 여전히 손가락 사이에 끼고 아껴 핀다. 나는 남편의 행동을 살폈다. 그는 개집 주위를 돌았다. 발자국은 제법 알아 볼 정도로 찍혀 있었다. 남편은 그 옆에 자신의 발을 대보더니 대문 밖으로 나갔다. 잠시 뒤 담배꽁초는 어디다 버렸는지 두 손을 비비며 들어왔다. 그리고 내 어깨를 감싸며 들어가자고 재촉했다. 나는 무슨 영문인지 모르나 어쨌든 남편이 뭔가 알고 있다는 느낌이 들었다. 거실에 들어서는 그의 맨발 뒤꿈치가 거칠어 보인다. 내 발을 내려다보았다. 얼굴 나이만큼 발의 연륜을 숨길 수 없다. 벌써 햇수로 꽤 되었다. 바셀린을 발라도 막을 수 없는 발바닥의 메마름이 말이다. 임 선생의 여린 마음이라면 배우자의 말라가는 발바닥까지 신경 써줄 것만 같다. 뜬금없는 생각에 피식 웃음이 나왔다. 남편의 담배 냄새나는 방으로 들어갔다. 현지가 있을 때만 해도 담배 냄새에 코를 감쌌던 내가 낯설었다. 뜨끈한 방바닥에 누워 담배 냄새 밴 이불을 덮었다. 남편은 또 담배에 불을 붙인다. 그리고 뜸 들이며 얘기했다.

새벽잠이 막 들었을 때니 대충 다섯 시 정도라고 생각한단다. 얼핏 자동차 시동소리를 들었고, 막연한 느낌으로는 임 선생이 사라진 날의 그 일치감 같았다고 한다. 더구나 발자국은 아무나 신지 않는 고무신이 아닌가. 게다가 헤롱이는 짖지도 않았고 개 도둑이라면 구태여 자동 사료기를 가져가지 않는다는 것이다. 일단 안심하기로 했다. 그러나 마음 한구석은 의구심이 일었다. 임선생이라면 구태여 남의 눈을 피할 이유가 없을 텐데, 만약 그렇다면 임선생에게 섭섭한 마음이 들었다. 그러나 한편으로는 임선생의 소심한 성격을 이해할 수 있었다. 아침 먹기 전에 다시 눈발이 날리기 시작했다. 올해는 눈이 많이 온다더니 벌써부터 조짐이 보인다.

현판식이다. 멍석을 깔고 천막을 쳤다. 미리 주문해둔 시루 팥떡이 열 시쯤 도착했다. 돼지머리는 잘생긴 놈으로 쟁반에 받쳐 놓았다. 조 껍데기 막걸리는 이미 한 순배씩 돌았다. 단원이 모두 모였다. 남편이 당부한대로 목욕재계한 목욕재계한 단원들의 얼굴이 반들반들 했다. 단원들이 사물놀이 복장으로 악기를 다루며 흥을 돋우고 있다. 이웃 주민들은 두툼한 옷을 입고 한 판 놀아 볼 심사로 온 듯하다. 개들도 주인을 따라왔다. 조연출은 언제나 삼겹살 굽는 담당이다. 나는 잠시 숨을 돌릴 겸 집으로 들어왔다. 유자차 한 잔을 들고 소파에 앉았다. 연희당을 내다보았다. 눈으로 남편을 찾았다. 낯익은 중년 여자 탤런트가 돼지머리에 흰 봉투를 꽂고 절을 한다. 절을 마치고 남편이 따라 주는 막걸리를 받는다. 이어 여자도 남편에게 막걸리를 따르더니 둘은 러브 샷으로 마신다. 나는 가슴이 답답하지 않았다. 그게 오히려 이상했다. 그러고 보니 요즘 남편에게 걸려오는 여자 단원의 전화에 덤덤했다. 그뿐이 아니었다. 이번 겨울방학에 집에 오기로 했던 현지가 예정을 취소하고 중국 본토 기차여행을 한다고 했을 때 나는 흔쾌히 허락했다. 전화기를 내려놓으며 나는 이상했다. 가슴이 두근거리거나 식은땀이 나지 않았기 때문이다.

털실로 짠 숄을 어깨에 걸치고 다시 연희당으로 건너갔다. 이제 악기 소리가 잦아들고 현판식을 할 참이다. 남편은 양각된 연희당 현판을 자세히 들여다보았다. 먼지를 깨끗이 닦은 현판에는 더 이상 손가락 자국이 남아있지 않았다. 'ㅇ'부분에 있던 곰팡이는 약간의 얼룩을 남겼다. 예서로 쓴 한글이다. 만약 한자로 썼다면 폐기되었을 것이다. 연희(蓮姬)가 연희(演戲)의 의미도 된다며 남편이 제자리에 달자고 했을 때 아무도 반대하지 않았다. 사물놀이패가 꽹과리를 시작으로 다시 판을 벌인다. 사람들이 박수를 친다. 연희당 현판이 올라간다.

녹색 칼국수

투명 비닐 속에 실타래처럼 말아놓은 녹색 칼국수가 있었
다. 이 인분 정도는 되어 보인다. 얼마 전 시금치와 당근이 각
각 그려진 밀가루를 본 적이 있다. 이제는 반죽해 썰어놓은
두 가지 색의 칼국수까지 판매되고 있다. 예전에도 이런 칼국
수가 있었다면 나의 분노는 어떤 식으로 풀어냈을까. 오늘 저
녁은 은지와 은규를 위해서가 아니라 어머니와 나를 위한 칼
국수를 끓여야겠다. 강도 높은 에어컨 냉기가 지하 슈퍼마켓
의 야채코너를 더욱 춥게 만든다. 포리에스테르 반팔 카디건
을 가슴 쪽으로 끌어 당겼다. 계산대 앞에 서고 보니 빨간 플
라스틱 바구니 속에 칼국수 봉지만 달랑 들어 있다. 무슨 생
각으로 걸어 왔는지 모르겠다. 다시 야채 코너로 되돌아갔다.

파, 마늘은 집에 있을 것이다. 양파와 풋고추를 집어 들었다. 육수는 멸치로 내야겠다. 저녁을 먹은 뒤 오락프로 한 개를 보고 어제에 이어 드라마를 볼 것이다. 아홉 시 뉴스가 끝나면 나의 하루도 끝이 난 듯 허전하다. 어머니는 가면 같은 하얀 마스크 팩을 얼굴에 붙이고 열 시 오십 분 까지 미니시리즈 드라마를 시청할 것이다.

귀국의 설렘을 방해하는 건 뜻밖에도 끈적거리는 습기였다. 캐리어를 밀고 나오며 무의식중에 빨간 줄 저편의 사람들을 둘러봤다. 역시 나를 기다리는 사람은 없다. 번거로울 거 같아 어머니를 나오지 말라고 했다. 중학교 졸업식 때도, 오지 말라고 했더니 정말 우리 식구는 아무도 오지 않았다. 그 당시 같은 반 친구가 가족사진을 찍어달라고 카메라를 내밀자 엉겁결에 받아 들었다. 렌즈 속에서 웃고 있는 그 애의 가족은 완벽한 한 덩어리였다. 하나 둘 셋 하며 나도 모르게 무릎 아래쪽을 찍고 도망치듯 교문을 나섰던 기억이 났다. 지금도 나의 외로움을 누군가 보는 것 같아 쫓기듯 공항을 빠져 나왔다.

벨을 누르자 문을 여는 어머니 얼굴에는 얇게 썬 오이가 붙어 있었다. 이십 여 년 전 아버지 병 수발을 들면서도 어머니는 콜드크림 마사지를 열심히 했었다. 지금도 그녀의 얼굴은 뽀얗고 탱탱하다. 다만 아침에 같이 눈뜰 배우자가 없다는 게 안타까울 뿐이다. 집안을 둘러보니 마치 어제도 왔었던 것 같았다. 내가 결혼하기 전의 느낌이 되살아났다. 장식장에는 내가 수학여행 가서 사온 플라스틱 첨성대 모형이 그대로 있다. 거실 벽에 액자가 빽빽이 걸려 있었다. 은지와 은규가 어릴 적에 목마를 탄 사진이 한가운데 버티고 있다. 바로 옆에는 훌쩍 커버린 두 아이가 어머니의 거실 소파에 앉아 찍은 사진이 있었다. 사진 옆에 습기 빠진 낙엽처럼 누리끼리한 신문 한 꼭지가 핀으로 꽂혀 있었다. 올해 초 은지가 장편소설 공모에 당선된 기사였다. 은지의 당선 소식을 어머니의 목소리로 들었을 때는 실감나지 않았다. 청각과 시각 중 실감이 강한 것은 시각인 것 같다. 한 귀로 흘려듣는다는 말은 있어도 한 눈으로 흘려본다는 말은 없지 않은가.

　은지가 세 살 때 동생하나 만들어 달라고 떼쓰는 말이 강아지 사달라는 것처럼 가볍게 들렸다. 은규가 태어나자 사내아이라고는 상상도 못했기에 꿈인지 생시인지 며칠 간 멍했다. 비교적 성별을 잘 맞춘다는 산부인과에서, 초음파를 본 의사가 은근히 딸이라고 했기 때문이었다. 그러나 기쁨은 잠시였다. 웬일인지 그 애가 태어나고부터 남편의 귀가시간이 늦어졌다. 은규가 돌쯤 되었을 때였다. 은규를 유모차에 태워 동네시장을 기웃거리고 있었다. 돗자리를 깔고 앉아 손톱깎이, 머리 빗, 고무줄, 면봉 따위를 파는 할머니가 은규와 나를 번갈아 보았다. 은규가 집에서는 아비를 밖으로 밀어내고, 어미와는 떨어져 살 팔자라 했다. 행여 누가 들을세라 그 자리를 급히 피했다.

어머니는 내가 맞선 본지 한 달 만에 결혼날짜를 받아왔다. 남편 없이 십여 년을 살아온 어머니는 매번 직장에서 떨어져 나와 방구들에 뭉개고 있는 내가 지겨웠을 것이다. 시간과 공을 들이지 않은 결혼은 처음부터 삐걱거렸다. 남편은 늦은 귀가를 늘 고스톱 좋아하는 직장 상사 탓이라고 했다. 잠이 부족한 남편을 안쓰럽게 여기며 애들만을 위한 시간을 보냈다. 두 아이의 가을 체육대회가 있는 날, 새벽에 일어나 김밥을 쌌다. 점심을 먹고 학부형의 백 미터 달리기 경주가 있었다. 나는 은규네 팀이, 콩 주머니로 바구니를 터트리는 게임을 보고 있는데 은지가 달려왔다. 자기 팀 달리기 선수로 뽑힌 엄마가 안 왔으니 나더러 대신 뛰어달라고 했다. 할 수 없이 은지를 따라가 스타트 발신음이 터지자 얼떨결에 뛰기 시작했다. 그런데 아무 생각 없이 뛰다보니 기분이 이상했다. 내가 왜 뛰나. 나만을 위해 이토록 뛴 적이 있었나. 갑자기 모든 일

이 엉켜 버렸다. 그날 밤 늦게 술에 취해 들어온 남편이 낯설
었다.

　미국에 간다고 하자 언니는 탐탁지 않게, 와서 뭘 할 건지
물었다. 네가 뭘 모르는 모양인데 여기는 말이 많은 데야. 서
울이야 옆집에 누가 사는지 관심도 없잖냐. 한인사회는 뻔하
거든. 뉘 집에 숟가락이 몇 개인지도 다 알아. 매스컴 타는 문
제아들은 대부분 뜨내기야. 정작 여기 뿌리내린 우리는 예전
에 한국을 떠나올 때와 별다르지 않게 보수적이야. 거기다대
고 이혼하고 혼자 왔다고 광고할래? 네 형부 엄청 체면 따지
는 사람이야. 우리 조안은 지금도 9시면 영락없이 자버려. 늦
은 시간 밖에서 얼쩡거리다 잘못 교민 눈에 띄어봐라. 당장
정약국집 딸 못쓰겠다고 한인사회에 소문나면 그 애는 시집
도 못 가. 쉬지 않고 말 잘하는 입심은 과연 약장사다. 언니
는 엄마를 많이 닮았다. 양턱 근육에 유난히 주름이 많다. 길
가에서 사람들 둥그렇게 모아놓고 떠벌리는 약장사가 아니라
정식면허 딴 약사에, 혼자로 부족한지 남편도 약사다. 언니의
욕심 같아서는 조안도 약사를 만들어 약국을 물려주고 싶은
생각이었을 것이다. 하지만 조안은 전공이 달랐다.
　태평양을 건너가 가방을 풀었다. 핏줄의 든든함을 믿기로

했다. 조안은 나의 방문을 처음에는 반겼으나 장기 체류를 하자 무덤덤해졌다. 그들은 하루 종일 영어로 말하다가 집에 와서 모국어를 쓰면 느긋해지는 것 같았다. 외부의 스트레스가 심할수록 가족이 뭉치는 마음은 더욱 강했다. 언니는 내가 하고 싶은 일과 할 수 있는 일을 자세히 물었다. 소설로 등단하지는 못했어도 한결같은 마음은 소설을 쓰는 일이었다. 한인 타운과 한인교회에서 제법 알려진 언니는 내 일자리를 단숨에 구해왔다. 국문과를 나온 덕인지 오마하 한인지부에서 발행하는 '기독교 신문' 편집부에서 교정을 보는 일이었다. 오전 여섯 시면 모두 일어났다. 집에서 한인 타운의 약국까지는 자동차로 이십여 분 걸린다. 그 옆 건물이 '기독교 신문'이었다. 출근시간은 같아도 퇴근시간은 내가 빨랐다. 4시쯤 끝나는 나는 집까지 걸어 다녔다. 출퇴근한지 며칠 되지 않아서였다. 저녁에 칼국수를 만들다가 밀가루 반죽에 시금치 즙을 섞어 놀던 은지, 은유 생각에 반죽하던 손으로 눈물, 콧물 닦느라 내 얼굴은 온통 밀가루 범벅이 되어 있었다. 퇴근한 언니는 내 모습을 보고 다시는 저녁식사를 맡기지 않았다. 퇴근하고 난 다음 두 세 시간 정도를 요긴하게 보내고 싶었지만 마땅한 방법이 없었다. 적지 않은 나이에 앞날을 대비해 뭔가 배우고 싶지도 않았고 취미생활을 즐길만한 마음의 여유조차 생기지 않았다.

　동그란 유리판 속에 시, 분침 만 들어 있는 시계를 한참 들여다보고서야 열시 반인걸 알았다. 모처럼 토요일의 늦잠을 즐겼다. 집안에 아무도 없었다. 식탁에 플라스틱 장식품 같은 체리가 바구니에 담겨 있었다. 체리하나 입에 물고 커피메이커의 커피를 머그잔에 가득 따라 테라스의 간이의자에 앉았다. 건너편 잔디에는 단발머리에 선글라스를 낀 백인여자가 수영복을 입고 선탠 중이다. 내가 쉬는 토요일과 일요일에는 늘 선탠 하는 단발머리 여자가 보였다. 이 집에서 보이는 거라고는 저 앞집과 주차장뿐이다. 주차장 옆에는 헬스클럽과 수영장이 있다. 나는 이제 수영장에 가지 않는다. 처음에 멋모르고 풀 속에 들어갔다가 백인들의 야릇한 눈빛에 몸 둘 바를 몰랐다. 나는 가능한 한 백인과 눈을 맞추지 않으려고 애썼다. 그들의 눈빛은 우리가 마치 동남아 쪽 사람을 바라보는 듯 했다. 가끔 언니를 따라 헬스클럽의 한산한 저녁시간대에 러닝머신을 이용했다. 언니는 온 몸에 붙은 과잉지방을 떼어내느라 피나는 다이어트를 했다. 조안의 놀리다 못해 무시하는 말투를 도저히 참아 내기 힘든 것도 한몫을 했다. 날씬한 조안은 하얗고 맑은 피부에 길쭉길쭉한 팔다리는 서구인의 몸매를 닮았다. 게다가 타인과의 경계가 분명한 미국인의 의식까지 갖고 있다. 한국인의 눅진한 엉김과 적당히 얼버무리는 것에 딱 질색이라는 조안의 성격이 나를 주눅 들게 했다. 가령 샤워를 하고 나서 바디로션이 없으면 없는 대로 버티지 결코 조안의 것은 손대지 않았다. 언니와는 다른 어려움이 있었다. 집안의 묘한 불편함 못지않게 집밖에서는 잠시 서있는 것도 고통이었다. 건조한 열기가 사람을 실내로 들이밀었다. 집 주변은 시간 맞춰 잔디에 물주는 스프링클러의 습기가 고작이었다. 그러나 자고 나면 밤사이 내린 비로 하늘과 공기는 맑고 나무는 무럭무럭 자라는 냄새가 풍겨왔다. 그렇게 하루씩 지나갔다.

형부는 애리조나주 피닉스에서 열리는 학회에 갈 겸 여행 준비를 하고 있었다. 언니가 함께 가자고 했을 때 난 거절했다. 형부와 조안은 포기했지만 언니는 끝내 나를 끌어냈다. 아이스박스에 얼음을 가득 채우고 도넛과 과일, 음료수 등 웬만한 먹을거리는 다 준비되어 있었다. 미국 지도 한가운데 쯤 끼어 있는 오마하를 떠나 콜로라도 주의 덴버를 거쳐 피닉스로 들어갔다. 텔레비전 광고에서나 보던 거대한 선인장 조시아트리가 자주 눈에 띄었다. 손가락 네 개로 각을 만들어 대면 그 안에 담긴 풍경은 어디나 그림엽서 같았다. 형부의 학회 일정이 끝나고 여행은 계속되었다. 작은 기념품 가게에서 독특한 열쇠고리를 보면 은지와 은규 생각에 두 개씩 사면서 과연 이것들을 전해 줄 수 있을지 확신이 서지 않았다. 우리가 탄 차는 아무리 달려도 끝이 보이지 않는 이차선 도로를 지루하게 달렸다. 떼 지어 달리는 오토바이 폭주족이 옆을 스치면 간혹 살벌한 할리우드 영화의 한 장면이 떠올라 오싹해진다. 조안은 이어폰을 꽂고 MP3를 작동시킨 채 달리 말이 없다. 언니와 형부는 한인교회 목사님의 설교를 테이프로 듣는다. 라스베이거스의 눈부신 불빛을 보며 호텔에 들어섰다. 그곳의 뷔페 요리는 객실이용 고객에게 무료였다. 화려한 음식 앞에 있으면 애들 생각이 먼저 나는 건 여태 고쳐지지 않았다. 날마다 일정이 거의 비슷했다. 슈퍼8 모텔에서 자고 아침은 모텔에서 제공하는 도넛과 커피를 받아 길을 떠나고 점심은 맥도널드의 햄버거와 야채샐러드에 탄산음료였다. 그러나 저녁식사만은 10%의 봉사료가 붙는 식당에 자리 잡고 앉았다. 여러 민족이 모여 다양한 문화를 이어가서인지, 식당에서의 복잡한 주문은 한국을 그리워하게 만들었다. 바싹 구울까요. 덜 익힐까요. 소스는 크림, 마늘, 겨자 중 어느 걸로 할까요. 계란은 반숙, 완숙, 프라이 중……. 나는 무조건 언니하고 똑 같은걸 시켰다. 조안은 농담까지 해가며 주문하는 걸

즐긴다.

LA에 도착했을 때는 저녁 무렵이었다. 중심가에서 약국을 운영하는 언니의 대학 동창은 그곳에서 승용차로 이십여 분 걸리는 한적한 전원주택단지에 살았다. 넓은 뜰에서 셰퍼드가 날쌔게 달려 왔지만 이내 꼬리를 치며 반긴다. 명견은 주인의 친분관계도 알아채는 후각을 지녔나보다. 바비큐 가스대가 갖추어진 뜰에서 갈비를 구워 먹었다. 나의 처지를 알게 된 약사가 가히 약장사의 입심으로 내게 중매를 서려 했다. 이미 한인교회에서 검증 받은 건실한 변호사가 있다고 했다. 그러나 정작 보기 좋은 한 쌍은 약학을 공부하는 그 집 아들과 조안이었다. 오마하에 비해 LA는 한국 사람이 많다보니 말도 많았다.

거의 일 년 간 오가던 혼담이 마무리 되어 조안이 떠났다. LA의 서울약국 집 며느리로 조안을 보낸, 형부와 언니의 오붓한 시간이 나는 불편해졌다. 가끔 형부 혼자 있을 때면 나는 동네를 몇 바퀴나 걷다가 들어오곤 했다. '기독교 신문' 덴버지국이 재정난을 겪다가, 좀 더 한국인이 많은 오마하 지국에 합쳐짐에 따라 나는 눈치가 보이기 시작했다. 언니는 어머니 친구의 죽음을 자주 들먹였다. 새삼스레 서울에 전화해서 어머니 건강은 어떠냐고 물었다. 등 떠밀리는 기분이었다. 하기야 나도 서서히 지쳐가고 있었다. 내가 굳이 미국에 있어야 할 이유가 없었다. 사람은 두 가지로 나누어지는 게 아닐까. 그 자리에 없을 때 표시 나는 사람과 없어도 그만인 사람 말이다. 내가 당장 없어져도 언니나 형부는 원래 그랬었다고 잘 살 것이다. 뚜렷하게 친분을 맺은 이도 없고 떠난다고 송별회를 열만한 명분도 없는 생활이 오히려 창피할 지경이었다.

'후루룩 후루룩'

국수 먹는 소리에 위가 꿈틀댔다. 눈을 떠보니 흰색 버티컬 블라인드가 창문의 바람을 맞는 소리였다. 아침인지 저녁인지 모호했다. 어릴 적, 방과 후에 늘어지게 낮잠을 자고나서 책가방 챙겨들고 학교에 가려던 때 같았다. 반듯이 누워 천장을 보니 베이지 색 바탕에 연갈색의 완자무늬가 맞물려 있다. 거기에 버티컬블라인드의 움직임에 따른 그림자가 너울거린다. 벽지무늬를 좇아가면 옆에서 혹은 위아래서 온 무늬와 겹쳐서 다시 만난다. 어느 쪽이든 조금만 나가면 사람과 마주치는 서울이 답답했었다. 온종일 달려도 풀 한 포기조차 없는 사막, 그런 막막함이 차라리 내게는 시작할 용기를 줄 것 같았다. 그러나 모든 기대는 나를 저버렸다. 서울 못지않게 사람 사는 곳은 어디나 틀이 있게 마련이다. 사람으로 사는 이상 그 틀을 깨트릴 수는 없다. 한국이 아니라도 장소만 다를 뿐 어떤 변화를 기대하는 건 무리였는지 모른다. 십여 년을 떠나 살아도 남은 건 허망한 마음과 칼슘이 빠져나간 늙은 몸뿐이었다.

멸치국물 냄새다. 도마질 소리에 일어나 주방으로 갔다. 돌돌만 반죽을 썰고 있는 어머니 손에 푸른 정맥이 돋아 있다. 내 손을 내려다보았다. 오랫동안 음식을 만들지 않은 내 손의 정맥은 땡볕에 쪼그라든 지렁이 같다. 은지와 은규를 위한 음식이 아니면 내 손은 음식 재료 만지기를 꺼렸다. 두 아이가 어릴 적에 시금치 즙 넣은 녹색 반죽과 당근 즙을 섞은 붉은색 반죽으로 칼국수를 끓여 놓고 어느 것이 더 맛있냐고 물었었다. 나는 식욕을 돋우는 색이 붉은 계열이기에 당연히 그 쪽을 고를 줄 알았다. 그러나 두 아이는 똑같이 녹색 칼국수를 골랐다. 그 뒤로 나는 시금치 즙이나 녹차가루를 넣은 녹색 반죽을 자주 주물러 댔다. 남편에 대한 섭섭함도 양팔에 온 힘을 주어 반죽을 주무르고 메치며 풀어댔다. 말귀를 알아듣기 시작할 무렵의 은규가, 이 국수는 왜 칼국수예요, 콩국수는 콩으로 만든 국수인데 칼국수는 왜 칼이 붙나요, 하며 눈썹을 찡그리던 표정이 지금도 생생하다.

모처럼 어머니의 시중을 받는다. 칼국수를 먹으며 어머니의 넋두리를 참아야 했다. 가죽 끈을 씹는 기분이다. 어머니는 뭐든 먹을 때 음식에 관한 말을 했다. 재빨리 먹어치우고 어머니가 식사하는 모습을 보았다. 칼국수를 동그랗게 말아 숟가락에 얹은 다음 입으로 가져가는 어머니는 아직도 새색시 같다. 어머니는 조안의 결혼식에 못간 걸 후회했다. 그 당시에는 마침 서울, 뉴욕 간 비행기 폭파사건이 있던데다 어머니 친구의 갑작스런 죽음에 몹시 놀랐을 때였다. 바로 전날 화투를 치면서 농담까지 했는데 다음날 시신이 되었다는 게 어머니는 믿어지지 않는 모양이었다. 세상살이는 믿을 수 없는 일의 연속인 것을 어머니는 아직 모른단 말인가.

어머니는 아침마다 산에 오르자고 성화다. 이 동네가 시내 중심지에서 먼 탓에 들고 날 때 교통은 불편하지만 관악산 줄기 따라 뻗어 내린 뒷산이 그동안 어머니의 건강을 지켜왔단다. 일단 일어나기는 귀찮아도 막상 산에 오르면 서울의 서남부 일대가 한눈에 들어오며 우울한 감정이 말갛게 씻긴다. 이른 아침 산중턱 평평한 공간에는 남녀노소가 모여 리더의 동작에 따라 온몸의 근육을 골고루 풀어준다. 조금씩 안면이 익으며 간단한 눈인사 정도를 나눌 때쯤 눈여겨보니 날마다 내 옆에 바싹 붙어 서 있는 영감이 불편해지기 시작했다. 게으르다고 구박하는 어머니의 잔소리를 견디는 게 차라리 나았다.

어머니는 잠시도 쉴 틈이 없다. 구민회관의 문화 센터에서 일주일에 세 번씩 기체조를 하고 나머지 이틀은 영어공부를 한다. 물론 몇 년을 해도 초급이지만 습관처럼 같은 책을 반복하고 있다. 어머니의 화장대에는 아버지와의 신혼사진부터 언니와 나, 조안과 은지, 은규의 사진이 가득하다. 어머니의 옛날 액세서리와 손자들의 아기 적 구두도 앙증맞게 놓여있다. 그 앞에 앉아 있노라면 시간가는 줄 모르고 추억에 빠지게 된다. 아버지의 선물이었던 구슬 손지갑은 때에 절어 누르스름해도 어머니는 그걸 늘 아버지의 사진 앞에 놔둔다. 화장대의 서랍을 열었다. 누런 서류봉투 서너 개의 부피로 서랍이 꽉 차 있었다. 맨 위에 있는 봉투 속에는 은지의 편지가 들어 있었다. 수신지는 어머니의 집이었다.

엄마 소식은 할머니께 듣고 있습니다.

엄마한테 편지를 여러 번 썼지요. 물론 답장을 기대한 건 아니고, 그저 이렇게나마 제 마음을 다듬어봅니다. 그러다 보니 저의 글 솜씨가 자연스레 갈고 닦아졌나 봅니다.

제 소설이 당선됐을 때 은근히 엄마 연락을 기다렸어요. 누군가를 그리워한다는 거, 사랑은 내리사랑이라지만 제게는 치사랑이 그에 못지않았나 봐요. 엄마의 그늘 속에 제 사춘기는 묻혀 버렸죠.

엄마의 손때가 묻은 책을 읽으며 엄마의 상상까지 더불어 누리고, 엄마의 액세서리 소품까지도 연인을 사모하듯 애지중지 치장해보기도 했지요.

엄마가 떠나기 얼마 전부터 엄마는 누군가에게 쫓기 듯 불안했어요. 눈도 마주치지 않고 주방에서의 시간도 거의 없었죠. 창문을 열어 놓고 초점 없는 시선을 멀리 보낸 채 껍데기만 남은 표정으로 한숨 쉬는 걸 보면 제 마음 속에 모래바람이 휘몰아쳤어요.

과제물을 물어봐도 시큰둥하고 우스갯소리를 해도 어설픈 미소만 띈 채 밀짚으로 만든 허 껍데기였지요.

엄마가 한 여인으로서 안쓰럽고 가련한 모습으로 보였으니 제가 무척 조숙했나 봅니다.

눈치 없이 날뛰는 은규의 험한 몸짓과 말투에 엄마는 더 이상 야단치지 않고 예의 텅 빈 눈동자로 말없이 바라보기만 했죠. 아무런 대책을 찾을 수 없었던 지난날의 제 모습이 안타까울 뿐이에요.

은규는 뜻밖에도(?) 공부에 욕심이 많아서 얼마나 다행인지 몰라요. 그 애는 늘 제 마음의 무거운 짐이었거든요.

제가 결혼해서 아이를 낳더라도 은규 보다 더 신경 쓰진 않

을 거 같아요. 어릴 때부터 수 없는 저지레며 장난질에 옆 사
람 골머리 썩이던 거 잊지 않았겠죠. 엄마가 질려서 두 손을
놔버릴 정도였으니 그 때문이라도 엄마가 쉽게 집을 떠난 게
아닌가 해서 은규를 때려주고 싶을 때도 많았죠.

지난 일들은 추억거리로 남아 웃을 수 있지만 그 당시 맞닥
뜨리는 어려움이란 말로 설명할 수 없어요.

우리 모두를 가족이라는 단위로 엮는 게 어설프긴 하지만
그래도 저나 은규는 아직 식탁에 엄마의 자리를 정해두고 있
어요. 아빠의 마음까지야 알 수 없지만 적어도 은규는 제가
잘 알아요.

저나 은규는 엄마를 연예인 취급하는지도 모르죠. 좋아하
는 연예인을 무조건 맹종하며 사인 받고 싶어 하는 팬의 입장
이랄지. 엄마는 나이보다 젊어 보이고 세련되어서 같이 나가
면 어깨가 으쓱 했어요.

엄마가 떠나고 곧 시골 친할머니가 오실 줄 알았어요. 그러
나 아빠는 역시 효자였어요. 절대 할머니한테 알리지 않았지
요. 추석과 구정, 일 년에 두 번은 가야 되는 걸 엄마가 여러
번 빠진 후에야 시골에서 알았으니 몇 년 동안을 쉬쉬하며 엄
마의 빈자리를 숨겨온 거예요.

아빠의 그런 행동이 부질없어 보이나, 어쩌면 그건 아빠의

자존심을 지킨 거였다고 생각해요.

친할머니와 고모는 수군덕거리다가 제가 다가가면 말을 멈추더군요. 친할머니는 너희들은 공부만 잘 하면 돼, 너는 이 담에 네 어미 닮지 마라, 네 동생 좀 챙겨줘라, 이런 말을 할 뿐이었어요.

집안 식구들과의 모임도 친구들과의 접촉도 거의 하지 않은 채 아빠는 서서히 자신을 잃어 갔다는 걸 엄마는 상상이나 할 수 있는지요.

아빠의 외로움은 그 누구도 채워줄 수 없었어요. 날이 갈수록 말수는 줄고 정리정돈 잘하라던 잔소리도 언제부터인가 들을 수 없었죠. 평일에는 늦게 들어오고 주말이나 휴일은 잠만 자며 수학문제라도 물어보면 귀찮다고 화내던 아빠가 변했죠.

일찍 퇴근해서 저와 은규 숙제를 챙겨주고 집안 청소와 빨래며, 엄마 있을 때보다 집안은 더 윤기 나고 반들거렸어요.

아빠의 요리솜씨 알잖아요. 엄마보다 훨씬 낫다는 걸 인정하시죠. 한때의 칭찬으로 별식이나 준비하던 아빠의 요리가 아예 주식 준비로 변했을 때의 묵직한 서글픔을 이해할 수 있는지요.

더구나 밀가루 음식 싫어하던 아빠가 칼국수를 얼마나 잘 만드는지 몰라요. 면발이 쫀득쫀득하고, 국물 맛은 기막히죠. 멸치 눈이 나를 보는 것 같다니까 바짝 말려 분쇄기에 갈고 다시마 넣고 끓인 국물은 얼마나 시원한지 몰라요. 게다가 은규가 좋아한다니까 녹색 반죽을 하는 거 있죠.

편지는 길어서 눈알이 뻑뻑하고 머리가 아팠다. 녹차 한 잔을 마시고 다시 읽었다. 은지는 분명한 태도를 취했다. 엄마 못지않게 아빠의 지나간 세월을 옆에서 지켜봤기에 결코 아빠를 저버릴 수 없다고 했다. 처음에는 엄마를 온전히 받아들이려 했고 다음에는 얼굴만이라도 보고 싶었으나 그 다음 감정에 자신 없어서 아예 만나지 않는 편이 나을 것 같다고 했다. 내게는 살아갈 날보다 정리할 날이 더 가까운 어머니 곁에서 지내는 초라한 시간이 남아 있을 뿐이다. 내가 살아온 시간들은 한결같이 후회의 연속이었다. 어찌 보면 하찮은 감정에 휘둘려 이성적 판단을 못한 죄로 남편과 자식 모두를 잃었다. 그렇다고 내 인생이 새로워진 건 아무것도 없다. 참고 살았다면 적어도 자식은 내 품에 한껏 안을 수 있었을 것이다.

앞 동까지 올라오는 마을버스를 타고 모처럼 동네언덕을

내려갔다. 시흥역에서 내려 지하철 1호선을 탔다. 나의 젊은 시절 많은 시간들이 지하철 1호선을 타고 지나갔다. 지하철 에어컨이 너무 세서 소름이 돋아 올랐다.

종각역에서 내렸다. 잠시 방향을 더듬었다. 한여름이면 땀을 식히며 팥빙수를 먹던, 약간 촌스러운 춘복 제과점이 미국에서 흔히 보던 빨간 모자 그림의 피자집으로 바뀌었다. 그 옆에는 초대형 빌딩이 우주선같이 버티고 있었다. 머리가 띵했다. 고등학생인지 대학생인지 구분이 안가는 이들이 아디다스나 키플링의 상표가 붙은 배낭을 메고 있다. 저 튼튼한 어깨 힘을 길러준 각자의 부모가 있다고 생각하자 은지나 은규의 외로웠을 청소년기가 생각나 죄책감이 들었다.

혜안서점은 크기가 두 배 정도 늘어나 있었다. 다행히 있던 자리에서 평수만 넓어져 그다지 낯설지 않았다. 엘리베이터를 놔두고 한 계단씩 걸어 올라갔다. 벽에 은지 사진이 붙어 있다. 장편소설 당선 때의 증명사진 같은 딱딱한 표정이 아니었다. 마치 카페에서 커피를 마시다 찍은 듯 훨씬 여유 있는 얼굴에 미소까지 띄고 있었다. 흑백의 분위기 있는 사진아래 작가의 펜 사인회라고 매직펜으로 크게 쓰여 있는 글씨가 갑자기 뿌옇게 보였다. 자판기에서 커피 한잔을 뽑았다. 강당은 이미 들어찬 사람들로 발 디딜 틈이 없었다. 저 멀리 중심

에 앉아 있는 단발머리가 막연히 은지일 거라는 생각이 들 정
도로 꽤 먼 거리였다. 사회자의 질문에 또박또박 대답하는 은
지는 한 치의 빈틈도 없어 보였다. 소설의 내용과 실제 생활
과의 연관성을 묻자 은지는 소설은 허구가 아니냐. 그렇다면
독자가 읽고 상상하며 판단할 일이지 사생활과의 연관은 짓
지 않았으면 좋겠다고 잘라 말하는 서슬에 잠시 분위기가 스
산해졌다. 어렸을 때 늘 보스의 자리를 고수했던 은지의 꿈은
컸었다. 무릎에 앉혀 놓고 이담에 커서 뭐가 되고 싶으냐고
물으면 뭐가 되어 줄까, 엄마가 원하는 거면 뭐든 다 되어 줄
수 있어, 라고 똑 부러지게 말하던 아이였다. 그 당시 내가 바
라는 건 의사였고 은지도 그러마고 철썩 같이 약속했거늘 무
엇이 저 아이의 꿈을 바꾸어 놓았을까. 내 꿈은 무엇이었나.
내가 꾸며놓고 나만 빠져나왔던 가정, 지금 이런 모습이 되자
고 여린 감정들을 다 저버린 것인가. 남편은? 여기까지 생각
하니 감정조절이 되지 않았다.

　마을버스는 가파른 언덕을 힘겹게 올라갔다. 버스에서 내
려 발걸음이 산으로 향했다. 길가 포장마차는 어묵과 멸치와
조개가 뒤섞인 묘한 냄새를 풍겼다. 산중턱에 오르니 둥그런
공간에 간단한 운동기구 몇 개와 나무의자가 눈에 띈다. 더

이상 오르기에 숨이 가빴다. 니스 칠이 벗겨져 껄끄러운 의자
에 걸터앉았다. 새벽에 오르던 때와는 또 다른 느낌이다. 간
간이 중년 남녀 한 쌍씩 눈에 띈다. 나무 사이로 서울의 한 토
막이 소설책의 삽화처럼 보인다. 노란색 택시기사 옷차림을
한, 대 여섯 명의 중년남자들이 돗자리와 비닐봉지를 들고 와
서 터를 잡는다. 돗자리를 깔고 비닐봉지에서 소주와 마른안
주를 꺼낸다. 쉽게 고스톱 판이 벌어지고 소리를 질러대며 놀
이에 빠져 든다. 몇 판이 돌았나 싶더니 아주머니 두엇이 나
타났다. 보온병과 커피가 담긴 네모난 바구니를 들고 기사들
사이에 슬쩍 끼어든다. 자연스레 합류가 된 그들은 서로의 무
릎을 치며 아주 오래된 사이같이 어우러졌다. 그들 중 남녀
한 쌍이 은밀한 눈빛으로 자리를 털고 일어나도 나머지 사람
들은 못 본 척 그대로 놀이를 계속한다. 개운치 않은 기분으
로 산길을 내려왔다. 큰길에 거의 다 내려오자 길가 포장마차
에 앉아 있던 노인네들이 내 모습을 훑어본다. 국물 냄새는
한결 그윽해져 있었다. 꼼장어 굽는 냄새가 코 속 깊이 들어
왔다. 저런 공간에 함께 할 사람이 없다는 것도 서글픈 일인
지 모르겠다. 대머리 노인이 한잔하자며 말을 걸어왔다. 순간
얼굴이 확 달아오르며 걸음이 빨라졌다.

　아파트 놀이터의 벤치에 앉았다. 변함없이 잔소리 하는 어

머니 곁을 떠나고 싶다. 머릿속에 지도를 펼치고 차근차근 짚어 보았다. 경기도, 강원도, 아니면 아예 뚝 떨어진 섬도 좋을 것 같다. 하지만 아무리 나이가 들어도 낯선 곳에서 터를 잡는 건 가슴 떨리게 두려운 일이다. 그런 두려움 보다 나를 움직이지 못하게 하는 게 있다. 여기 있다 보면 은지나 은규가 한번쯤 올 수 있지 않겠는가. 물론 이유는 할머니께 안부 인사를 드린다고 말이다. 그 순간을 내가 기꺼이 받아들일 수 있을까. 마음 한구석에서는 강하게 거부하고 있다. 어쩌면 그런 날이 올까봐 초조한지 모른다. 여기를 떠나고 싶은 게 어머니 잔소리 때문이 아니라 애들을 만나는 게 겁나서는 아닐까.

슈퍼마켓에 들어가 한 바퀴를 도는 동안 아무 생각이 없었다. 왜 들어왔는지 다시 생각해 보았다. 하얀 수증기가 뿜어나오는 야채코너를 지나 우유 한 팩을 집었다. 어머니는 골다공증 운운하며 아침마다 우유 한 잔을 마신다. 내가 밥을 먹는 동안에 쉬지 않고 말한다. 된장이 암에 최고란다. 버섯 또한 좋은지는 알고 있겠지. 끊임없는 음식에 대한 얘기. 뭐는 어디에 좋고 어디에는 뭐를 먹어야 하고, 몇 십 년을 건너뛰었다 만나도 어머니의 애깃거리는 변함없을 것이다. 어머니가 장에 좋다고 강조하는 떠먹는 요구르트와 두부, 계란과 파

140

를 담고 주류 칸에서 잠시 망설이다 소주 한 병을 밀어 넣었다. 소주에 걸 맞는 안주를 생각해보니 조금 전의 조개국물 냄새가 코끝에 감돈다. 비닐봉지에 담긴 바지락을 집었다. 오랜만에 바지락 국물에 칼국수를 끓여 보는 것도 좋을 것 같다. 기다란 파가 삐져나온 비닐봉지가 제법 무겁다.

술래잡기

　오전 여섯 시 반이다. 웬만한 서울시내 어디건 이 정도 시
간이면 출근시간에 늦지 않을 것이다. 동네가 시작되는 골목
입구의 대여섯 평정도의 평지에 차를 세웠다. 차유리가 짙게
코팅 되어 밖에서는 내가 안 보일 것이다. 일곱 시가 막 넘었
을 때는 주로 노무자로 보이는 주민 몇몇이 지나갔다. 편의점
에서 사온 삼각 김밥과 두유를 꺼냈다. 여덟 시까지는 갖가지
사람들이 줄지어 지나갔다. 그중 눈에 띄는 건 주로 젊은 여
성이다. 짧은 스커트에 하이힐을 신은 모습은 보기만 해도 위
태롭다. 언덕의 경사로 보아 구두 굽 높이가 5cm를 넘으면
내려올 때 앞으로 고꾸라질 것만 같다. 올라갈 때는 그럭저럭
가겠지만 내려오는 모습은 얼음바닥에 미끄러질까 절절 기는

모양새다. 젊음은 모든 불편함을 잘도 감수한다. 출근하는 사람들의 옷매무새를 보며 새삼 변화된 세월을 느낀다. 이른바 명품을 제외한 일상적인 제품에서는 사람의 겉모습으로 경제력을 짐작해 보는 게 다소 어려워진 것 같다. 특히 젊은 층일수록 가격은 다를지라도 디자인은 유행에 뒤지지 않는 감각이 있다.

아홉 시 반쯤 되자 거꾸로 이 동네를 찾는 사람들이 보인다. 남편과 아이를 회사로, 학교로 내보낸 주부나 정년퇴직했음직한 젊은 노인네들이다. 이들은 불암산과 연결된 골목길을 끝까지 올라갈 등산객이다. 이 동네 주민과 외지인의 차이는 주로 신발에서 나타난다. 보통 신발과 등산화. 열 시인 지금은 주위가 조용하다. 이제 슬슬 움직여야겠다. 뜨거웠던 캔 커피가 미지근하다. 미지근한 커피는 무슨 맛인지 모르겠다. 차에서 몸만 빠져 나왔다. 거주자 우선 주차에 해당하는 주인에게 오늘 하루치의 주차비를 지불했다. 얼굴에 살이라곤 없이 뼈의 윤곽이 비교적 정확히 드러난 여자는 표정 없는 얼굴로 돈을 낚아채듯 받았다. 작은 집에 방을 칸칸이 쪼개짓고 월세를 받는 주인의 냉정함이 묻어났다. 나는 수원에서 대학교를 다닐 때부터 혼자 살다보니 다른 사람에게 구차한 감정 같은 걸 기대하지 않은 지 오래되었다. 그런데도 냉정한 누군가의 얼굴을 대하면 가슴이 먹먹한 건 여전하다. 지금 이 동네는 노인이나 어린아이 외에 닭이나 개, 고양이가 전부일 것이다. 본능적으로 아랫길에서 위쪽으로 자꾸 올라가게 된다. 왠지 일을 해결하려면 위쪽에서 움직여야 될 것만 같은 심증은 말로 설명이 안된다. 학창시절에 공부 잘하는 모범생은 될 수 있으면 앞자리에 앉고 공부에 관심 없고 눈치껏 딴 짓할 녀석들은 뒷자리를 좋아하는 심리랄까. 산꼭대기로 올라갈수록 사람들의 시선으로부터 멀어지고 잊힐 것 같은 느낌은 나만의 생각일지도 모른다. 가정방문 영업사원이 아파트 맨 위층부터 훑고 내려가듯 나의 발길도 점점 위로 향했다. 그동안 무의식중에 소음 속에서 살았는지 갑작스런 정적이 살짝 다른 세계로 온 듯 하다. 요즘 보기 드문 나무대문에서부터 알루미늄, 철대문까지 모양과 색깔이 제각각인 대문 앞에는 연탄재가 더러 눈에 띄었다. 19공탄 연탄재에 애틋함이 밀려온다. 십여 년 전의 연탄재는 크레파스의 연한 살구색과 비슷했는데 여기 있는 연탄재는 그 색보다 진한 붉은 기가 감돈다. 중국의 경극 배우 얼굴에 덧칠한 분 색깔이다. 석탄 질이 좀 다른 것 같다. 경사가 급한 곳일수록 겨울철 눈길에 사용되었을 연탄재가 아직 담벼락 귀퉁이에 남아 있다. 집과 집 사이 조그만 공간이 있는 곳에는 여지없이 텃밭이 있다. 그 공간이 좁은 곳에는 생선시장에서 쓰는 네모난 스티로 폼에 흙을 담아 놓았다. 이제 한두 달만 지나면 텃밭이나 흙이 담긴 곳에 상추나 쑥갓 같은 푸성귀를 심을 것이다. 바지 뒷주머니에서 코팅된 4×5 크기의 사진을 꺼냈다. 두꺼운 검은 테 안경에 시선이 집중되어 정작 이목구비는 눈에 잘 들어오지 않는다. 길을 가다보면 어디서 본 듯한 느낌, 그리고 지나치면 금세 잊힐 특징 없는 생김새다. 이 사진은 처음 심부름센터를 찾아온 의뢰인에게 받았다. 의뢰를 받고 얼굴을 익히려고 수시로 들여다보았지만 눈을 감고 머릿속으로 떠올리면 검은 테 안경만 둥둥 떠올랐다. 이래가지고선 정작 당사자를 만나도 코앞에서 놓치기 십상이다.

언덕의 사분의 삼쯤 올라오자 등에 땀이 찬다. 점퍼를 벗어 허리에 묶었다. 산과 맞닿은 집들은 기울기가 좀 더 산 쪽에 가까운 것 같다. 산 쪽 공간을 최대한 활용하려는 의지가 옹기종기 붙은 텃밭에 나타난다. 열시 반쯤 울어대는 닭울음 소리는 웃음을 자아낸다. 그 소리에 한 템포 늦춰지는 여유가 생긴다. 이번 일을 의뢰받은 지 닷새가 지났다. 속도를 내야 한다. 언덕 위에서 보면 거미줄 같은 골목이 가지 치듯 뻗어 나가 있는 듯 해도 한 눈에 들어오지는 않는다. 우선 골목길에 들어설 때마다 전체를 한 화면에 들어오게 디지털 카메라를 찍었다. 대문이 열려있는 집은 흔치 않았다. 예전 같으면 세입자가 많은 집은 수시로 드나드는 출입을 감당할 수 없어서 대문이 늘 열려 있었을 것이다. 갈수록 불편함을 감수하고 안전위주를 택한 것이리라. 간혹 열려있는 대문으로 안이 들여다보이는 집에는 영락없이 커다란 개가 마당에 'ㄷ'자로 늘어져 자고 있거나 개 줄에 묶인 채 지나가는 사람을 보면 촐랑이며 짖는다. 군청색 철대문 앞 좁은 공간에 아직 제대로 자리 잡지 않은 어린 등나무가 있다. 그 아래 어디선가 주워왔을 각각의 식탁의자 서너 개가 놓여있다. 지금은 아무도 없다. 정오가 지나면 오늘도 서너 명의 노인네들이 두꺼운 겉옷을 입고나와 담소를 즐길 것이다. 이곳은 길어야 삼 년. 그 전에 필시 철거될 동네다.

주로 부부관계에서 상대의 덜미를 잡기위해 나 같은 사람을 고용한다. 심부름센터는 규모에 따라서 저절로 주 종목이 나뉘게 된다. 나같이 자본이 딸리는 업자는 그야말로 남의 뒤나 캐는 치사한 방법으로 연명하는 경우고 여유 있는 대규모 업체에선 최신 장비를 동원해 형사들이나 가능할 덩치 큰 일들도 척척 해내는 역량을 갖고 있다. 반면 나 같은 영세업자는 고객의 사생활을 보호할 수 있는 장점이 있다. 그건 순전히 본의 아니게 그럴만한 첨단기술도 인력도 없기에 가능한 일이다. 대규모업체에 일을 맡겨다간 자칫 사돈의 팔촌의 몸 속 내장까지 깡그리 드러날 수도 있다. 이번 고객은 오히려 내가 그쪽에 대해 아는 게 제한되었다. 어찌 보면 그쪽이 먼저 나의 신용조회를 다 끝내고 고용한 느낌마저 든다. 세상살이에서는 지나치게 많이 알아서 다치는 경우가 종종 있음을 터득해왔다. 자칫 경계선을 넘지 않도록 몸을 사려야 할 때가 있다. 이번 일의 경우 행여 거물급 자식일지도 모른다는 생각이 잠시 들었지만 이내 털어 버렸다. 가까이 다가가지 않기로 했다. 내가 해줄 수 있는 부분까지만 가기로 선을 그었다.

사건 하나에 노트 한 권이다. 의뢰인에게 받은 모든 자료는 무조건 스크랩한다. 첫 쪽에는 전신사진이나 증명사진, 스냅사진을 붙이고 다음 쪽에는 체격이나 특징, 다음은 대인관계나 당사자의 직업, 취미활동 등 찾는데 필요한 정보가 있다. 중요한 인물일수록 의뢰인은 정보를 아낀다. 이번 의뢰인은 사진 한 장 달랑 쥐어주고는 팔짱을 낀 채 어디 한 번 찾아봐라 하는 묘한 표정이다. 동네 전체 지도를 사무실 한쪽 벽면에 붙였다. 또 다른 벽면엔 골목마다 찍은 사진을 퍼즐 조각처럼 연결해 하나의 그림으로 완성해 가고 있다. 한 집에 세든 작은 방까지 다 확인해야 한다. 동네 주민은 아침엔 썰물, 저녁엔 밀물처럼 몰려든다. 주로 몸으로 하는 직종들은 출근시간이 이른 편이다.

그러고 보니 나의 직업은 술래잡기다. 도망간 이, 숨은 이 찾기. 아무리 찾아내봐야 다음 술래는 여전히 나다. 한 번 쯤은 나도 도망치거나 숨어버리고 싶다. 누군가 관심 있게 나를 좀 찾아주면 좋겠다. 술래잡기를 할 때 너무 깊숙이 숨어버리면 아무도 찾지 못한다. 끝까지 찾지 않고 동료들이 돌아가버리면 모두에게 버려진 느낌이다. 조용하고 음습한 곳에 오랫동안 방치되어 있으면 모두에게 왕따를 당한 기분이다. 적당히 숨어주고 더러 들키기도 해야 동료들에게 소속감을 느낄 수 있다.

집을 나가서 가족과 연락을 끊는 행위는 반대로 그들의 사랑과 관심을 절절히 원하는 극단적인 방법일지도 모른다. 이런 사건을 해결하려면 상대적으로 주동인물의 숨겨진 사연을 알아야 정확히 행동반경을 잡아내는 데 유리하다. 이번 일은 전과 달리 사적으로 얽힌 가족관계를 전혀 알 수 없었다. 도대체 찾겠다는 건지 그저 형식적인 절차만 밟는 건지 판단이 서지 않는다. 우선 사건을 의뢰한 사람이 모친이 아니라 그저 집안일을 도와주는 도우미라는 게 꺼림칙했다.

언덕 꼭대기에서 아래를 내려다보며 나름대로 구역을 설정하고 탐문할 계획을 짜본다. '알리바바와 사십 명의 도둑' 게임을 시작하는 기분이다. 모든 골목이 좁긴 하지만 그 기준을 자동차 한 대가 들어갈 수 있느냐, 없느냐로 나누어 본다. 처음 탐색하는 집의 주소와 특징을 적은 다음 그 중 특이한 집은 디지털 카메라로 한 번 찍어둔다. 모든 사물은 언뜻 보면 다 똑같아 보이다가 자세히 보면 다 제각각이다. 그래서 사람의 기억만을 믿고 일한다는 게 얼마나 위험한지 모른다. 반면에 사람의 기억은 비상한 구석이 있다. 이른바 무의식이다. 얼핏 본 뺑소니 차량의 번호를 모르다가도 숫자를 나열하면 순서는 바뀔지언정 얼추 비슷하게 읊어내는 현상을 보면 무의식 속에서 각인되는 비상함에 또 한 번 놀라기도 한다.

진회색 페인트칠을 한 나무대문의 주소를 적고 있는데 나무 특유의 노인네 앓는 듯한 소리를 내며 대문이 열리는 바람에 한 걸음 뒤로 물러섰다. 주변에 시선을 돌리며 딴청을 부리려 했으나 그럴만한 아무 도구가 눈에 띄지 않아 쭈그리고 앉아 운동화 끈을 매는 척 했다. 지팡이를 의지한 할아버지가 달팽이 같은 동작으로 내 코앞을 지나갔다. 틈이 벌어진 대문을 두 손으로 잡고 바퀴벌레처럼 비비고 들어갔다. 다가구가 사는 한옥이라면 으레 대문을 열면 마당이 보이고 그 한

152

가운데는 수도가 있다. 끼니때가 되면 거기서 쌀을 씻고 음식재료를 다듬고 하는 풍경이 익숙하다. 딱히 한옥이라고 할 수 없는 이집은 공용으로 쓰는 공간이 생략되었다. 요즘은 대체로 평수가 작아도 화장실은 공용이되 싱크대는 필수다. 먹을 것을 남에게 보이지 않는 것은 나눠먹기 싫은 표현일 것이다. 이 집은 마당은커녕 온통 시멘트벽만 보인다. 어디가 입구인지 우왕좌왕했다. 이러다 누군가와 마주치면 오해받기 십상이다. 벽을 끼고 왼쪽으로 돌아갔다. 세 개의 검은 색 새시 문이 보였다. 문에 붙은 열쇠구멍 외에 따로 덧붙인 커다란 자물쇠가 모두 채워져 있다. 문 하나가 한 세대인 것 같다. 문 앞에는 쓰레기통이 하나씩 놓여 있다. 다시 대문 쪽으로 나와서 이번에는 반대쪽으로 돌아갔다. 아까 보았던 똑같은 문이 세 개가 있다. 그중 맨 끝 쪽의 문은 자물쇠가 채워져 있지 않았다. 여섯 가구 중 한 가구만이 집안에 누군가 있는 것이다. 두 집 문 앞에 연탄재가 있다. 이런 날씨에는 난방을 하기가 애매하다. 불을 때면 덥고 안 때면 썰렁하고 으슬으슬하다. 불을 때는 집에는 병약자나 노인이 있을 것이다. 누군가 집에 남아있는 유일한 집. 그 집안을 무슨 수로 살펴볼 수 있을까. 어떤 방법으로 문을 열고 내부 사람과 소통할 수 있을지 갑자기 멍해졌다. 그렇다면 아무 예상도 안한 채로 무작정 대문을 들어섰단 말인가. 우선 대문을 나섰다. 언덕을 오르고 내쳐 산으로 올라가기 시작했다. 나는 그동안 이 일을 어떤 식으로 해나갔는지 생각해 보았다. 그러고 보니 내가 여태 해왔던 일은 단지 불륜현장을 급습하는 일이었고 이렇게 세밀하고 집요하게 집집마다 들추어내는 작업은 처음인 것이다. 이렇게 많은 집을 일일이 다 뒤져서 사람을 찾아내는 건 처음부터 어이없는 일이었다. 더구나 빈집이 허다한 이 동네에서 잘못 얼쩡거리다가는 자칫 빈집털이로 오해받을 소지가 충분했다. 내가 찾아들어갈 게 아니라 내가 찾는 '그'가 밖으로 나와야 한다. 그의 생활습관을 전혀 모르면서 동선을 알아내는 건 불가능한 일인지도 모른다.

　바닥부터 시작하자. 우선 먹어야 하고 그러려면 식료품을 사야한다. 가장 가까운 식품, 잡화점을 찾아야 한다. 자동차를 세워둔 곳으로 내려왔다. 내려오는 동안 가게라고는 비교적 큰 길 중간쯤에 부동산과 쌀가게가 전부였다. 대부분의 가게들은 동네가 시작되는 입구에 몰려있었다. 자세히 둘러보니 은행, 목욕탕, 병원 등 덩치 큰 곳을 제외한 치킨집, 미용실, 이발소, 중국집, 분식집, 야채상회, 연탄집등 웬만한 상점은 다 있었다. 혼자 사는 삼십대 초반의 젊은 남자가 그중 가장 절실하고 요긴하게 필요한 것은 역시 쌀과 라면, 담배일 것이다. 생각보다 일이 쉽지 않을 것 같다. 장기전에 들어갈 조짐이 보인다. 이쯤에서 의뢰인에게 좀 더 개인적인 정보를 요구해도 되지 않을까. 전혀 진전이 없으니 어떤 사소한 빌미라도 제공 받는 게 순서가 아닐까 싶었다. 그러나 행여 나의 자신 없는 태도에 실망하고 의뢰를 취소할지도 모른다는 비루한 생각이 들었다. 간판을 비롯해 외장이 허술한 중국집 앞에 섰다. 간판에 쓰인 '중국집'이 아니었으면 그 집이 진짜 중국집인지 몰랐을 것 같다. 평일 대낮에 텅 비어 있는 동네를 상대로 영업을 한다고 문을 열었단 말인가. 그렇게 생각하면 비단 '중국집'뿐만이 아니다. 미용실이나 분식집도 마찬가지 아닌가. 나름대로 운영이 되니까 영업을 하겠거니, 라고 생각을 고쳤다. 80년대 가게 같은 유리 미닫이문을 열고 안으로 들어갔다. 나무식탁 세 개가 놓여있다. 출입구에서 제일 가까운 자리에 앉았다. 주방으로 보이는 곳에 붉은 커튼이 쳐져 있었고 트로트가요가 흘러나오고 있다. 벽에 붙어 있는 메뉴는 간단했다. 자장면, 짬뽕, 탕수육이 전부였다. 주인 얼굴은 보이지 않았지만 나는 큰 소리로 자장면 곱빼기를 시켰다. 마치 안에서 엿보고 있었던 것처럼 대답은 금세 들렸다. 심수봉의 테이프 인지 다음 노래도 심수봉이 백만 송이 어쩌고 하며 성의껏 노래를 부른다. 너무 열심히 불러서 응답으로 박수를 쳐야만 될 것 같다. 다음 노래의 반주가 흘러나오는 동안 내 앞에 자장면이 놓였다. 싸구려 나무젓가락을 가를 때는 두 손이 조심스럽게 긴장한다. 행여 젓가락이 'ㅅ'자로 찢어지거나 엄지나 검지에 나무가시가 박힐까봐 초조해지는 것이다. 설탕 뽑기 하듯 성의껏 가른 다음 마른 침을 삼키며 재빨리 휘젓는다. 건더기를 한쪽으로 몰아넣은 다음 샌드위치처럼 면 사이로 집어넣으며 한 입 밀어 넣는다. 동네나 가게의 수준으로 봐서 맛을 기대하지 않고 그저 뱃속을 채우려는 의도만 있었다. 곧 내 생각이 잘못되었다고 주방장에게 사과하고 싶을 맛이었다. 라디오 소리가 아닌 심수봉의 '그때 그 사람'이 들려왔다. 주방에서 핸드폰을 받는 소리가 들린다. 자장면과 짬뽕을 주문받는 소리다. 온 동네가 쥐 죽은 듯 조용해도 누군가는 낮은 천장 아래에서 자장면과 짬뽕을 시켜 먹고 있는 중이었다. 시중보다 천 원 정도 싼 값의 돈을 식탁에 놓고 나왔다.

점심은 먹었는데 밥값도 못한다는 자괴감이 슬슬 치밀어 오르기 시작한다. 다시 처음으로 되돌아간다. 골목마다 사람의 모습은 보이지 않았다. 등나무길 2-3 번지가 오전에 왔던 골목이다. 한 꼭짓점을 정하면 거기로 가는 길이 십여 가지는 될 듯 샛길이 여기저기 포진해 있다. 군청색 철대문 앞 등

156

나무 주변에 노인네 서너 명이 예의 그 식탁의자에서 아이들처럼 밝게 웃는다. 노인들의 웃음소리가 가벼운 건 이미 모든 희망과 욕심은 버렸기 때문일 것이다. 지금 쌓는 자신의 업보가 곧 돌아오리라는 기대와 두려움이 살짝 섞여 이제라도 마음을 비우는 게 아닐까. 뒤에서 쿨럭이며 올라오는 오토바이 소리가 들린다. '중국집' 주방장이다. 저 사람이 주인이고 주방장이고 배달부인가 보다. 나를 보고 씩 웃는 얼굴이 나훈아를 닮았다. 주방장은 노인들이 모여 앉은 등나무 아래에서 멈춘다. 그들은 아주 친한 듯 반가움이 절절 묻어난다. 그들을 지나쳐 다시 산길로 오른다. 오백 미터쯤 오르자 팔각정이 보인다. 어느 길로 올라왔는지 적지 않은 사람들이 물을 마시거나 떡이나 과일을 먹으며 수다를 떨고 있다. 그들 틈에 끼여 앉았다.

그리고 보니 이 시간에 이런 곳에 있다면 백수일 가능성이 높다. 주로 동네 사람들인지 이 지역 아파트 가격이나 개발예정지 등에 관한 얘기를 하고 있다. 나는 지금까지 사람들과 무리지어 다니지 않았다. 학교를 다닐 때에도 군대에서도 3,4년간의 직장생활에서도 나는 늘 혼자였다. 누군가와 함께하면 그의 얘기를 열심히 들어주어야 했다. 아니 그냥 들어주는 건 할 수 있었다. 문제는 나의 의견을 꼭 묻는 것이다. 솔

직하게 얘기하면 사람들은 그 뒤로 나를 만나지 않았다. 그들의 입맛에 맞는 거짓 대답은 그토록 힘들었던 것일까. 사람은 누구나 혼자이며 그걸 견딜 줄 알아야 제대로 된 성인이라는 생각에 스스로를 단련시켰다. 내가 지금 하는 일이 누군가와 계속 관계를 맺고 그 과정에서 일을 성사시키는 거라면 쉽지 않았을 것이다. 난 그저 의뢰인의 중간 도구일 뿐이다. 그들의 요구에 따라 사람을 찾거나 현장을 잡는 일, 그거면 충분했다. 일이 끝나면 그들과 곧바로 단절된다. 나는 이일을 언제까지 할 수 있을까. 이 계통에서 검은 마음을 품은 업자들은 의뢰를 받고, 걸려든 상대의 약점을 이용해 오히려 협박을 일삼기도 한다. 그렇게 부를 쌓고 사업을 확장해 직원을 늘리고 또다시 그들의 노하우를 펼친다. 나같이 고지식하고 소심한 이는 결코 이 틀에서 벗어나지 못한다. 그저 샐러리맨 정도의 수입으로 살아갈 뿐이다.

나의 소심함을 어머니는 진작 알아보았다. 미망인에다 9급 공무원이던 어머니는 원래 말수가 적었다. 다른 집은 부모가 수다스럽고 사춘기 자식이 입을 닫는다는데 우리 모자는 반대였다. 내가 서울에서의 대학입시에 실패하자 어머니는 내게 지방에 있는 대학교에 갈 것을 권했다. 우리 집 형편에 재수는 안 된다는 것이다. 그렇게 수원에서 대학교를 마치자 어머니는 동료였던 독신 남성과 필리핀으로 은퇴이민을 떠났다. 내가 졸업하기를 어머니는 손꼽아 기다렸던 것이다. 함께 살던 15평 주공아파트와 삼천 만원이 든 정기예금 통장이 어머니가 내게 준 마지막 선물이었다. 어머니는 나의 군대생활과 결혼까지 지켜보기에는 벅찼던 모양이다. 내게 갑자기 주어진 완전한 자유와, 내 수준에는 거금을 끌어안고 한동안 쩔쩔매며 집 밖을 나서지 못했다. 방 두 칸짜리 아파트를 빙빙 돌며 지나간 시간을 더듬고 짜 맞추며 3,4개월이 지나서야 어머니를 마음에서 떠나보낼 수 있었다. 어머니가 내게 준 건 사랑이 아니라 의무를 지킨 것뿐이다. 아니 그나마도 내겐 과분했다. 진작 나를 버리고 어머니의 길을 갔어도 나는 결코 원망하지 않았을 것이다. 물론 그리워하지도 않았을 것이다. 어머니가 자주 하던 말 '지 애비 같은 놈'에는 모든 게 포함되어 있었다. 냉정하다는 말이며 더불어 '남편 복 없는 년은 자식 복도 없다더라'의 줄임말이기도 했다. 시간이 지나자 이젠 혼자만의 공간이 너무나 맘에 들었다. 아무것도 하지 않고 누구의 시선도 없는 자유에 매료되어 가슴 벅찰 지경이었다. 그동안 말을 안했을 뿐이지 까다로운 어머니의, 속내를 알 수 없는 무표정이 내게 어지간히 스트레스였던 것 같다. 그동안 아무런 취미 생활도 없던 어머니의 똑같은 일상이 나를 숨

막히게 했다. 어머니는 늘 낮은 목소리로 조그맣게 말했다. 나는 어머니가 무서워 못 알아들은 말을 다시 묻지 못했다. 그러다 보니 어머니가 입을 열면 재빨리 다가가 귀를 기울여야 했다. 더구나 어머니의 시선은 15도 가량 비껴가 있었다. 어릴 적에는 그 시선에 초점을 맞추려고 이리저리 우왕좌왕하기도 했다. 수원에 떨어져 살면서 차츰 그 시선에서 벗어나 마음을 비워갔다. 나는 남보다 감정의 기복이 적은 편이다. 멋있거나 맛있어도 남들처럼 표 나게 반응하지 않는다. 집안 내력이거니 여길 뿐 심각하게 생각하지는 않았다. 별로 예쁘지도, 상냥하지도 않은 어머니가 늦은 나이에 누군가 배우자감을 찾은 건 희한한 노릇이었다.

내친김에 산 정상을 향해 발걸음을 옮겼다. 경사가 급해지자 자연스레 고개를 숙이고 발밑을 보며 걷는 자세가 되었다. 대 여섯 걸음 앞에 맨발로 내려오는 사람이 눈에 띄었다. 거기다 머리를 길러 뒤로 묶은 모양도 눈길을 끌었다. 베이지색 카고 바지 옆에 붙은 네모난 주머니에는 신문이 꽂혀있다. 부의 기준이 피부와 치아가 하얘야 된다는 최근의 기준법을 적용해 본다. 치아는 말을 하지 않는 상태에서 알 수 없으나 피부는 일단 구분하기 쉽다. 카고 바지 사내의 피부는 우선 잡티 없이 매끈하다. 색깔은 황설탕보다 다소 밝은 톤이다. 스친 다음 생각한다. 검은 테 안경. 모든 이의 얼굴에 검은 테 안경을 씌우면 사실 구분이 애매해진다. 더구나 머리를 길렀다면, 에 생각이 미치자 급히 뒤돌아보게 되었다. 경사진 곳에서 급히 돌자 몸의 균형이 틀어지며 무릎을 꺾고 제자리에 주저앉았다. 카고 바지 사내가 고개를 돌려 나를 바라본다. 괜찮냐며 말을 걸어올 듯한 표정이다. 내가 무안해서 엉거주춤 일어서자 사내는 다시 갈 길을 간다. 사내의 등에는 배낭도 없고 맨발이다. 아직 썰렁한 계절이다. 앞서가는 사내의 맨발이 거슬린다. 저 맨발로 산동네를 벗어나지는 않을 것이다. 그렇다면 동네사람일 가능성이 높다. 헌데 저 피부는 너무 고급이다. 나는 앞서가는 사내의 머리를 깎고 검은 테 안경을 씌워본다. 어느새 나는 사내를 뒤쫓고 있었다. 카고 바지 사내는 산에서 내려와 골목에 접어들고 대 여섯 번의 모퉁이를 돌고나자 없어졌다. 같은 길을 아무리 훑어보아도 한 집씩 들어가 헤쳐보지 않는 이상 사내의 흔적은 알 수 없었다. 차를 타고 미행하는 일도 이보다는 쉬웠을까. 스스로 황당함을 어쩌지 못해 발만 동동 굴렀다. 사내에게 하루가 소비된 듯 온종일 머릿속에서 묶은 머리, 맨발, 카고 바지가 왔다 갔다 했다.

배나무길 7-12 앞에 섰다. 동네 언덕은 여섯 시가 지나면서 저녁 냄새를 풍기기 시작했다. 도시 한복판에서 느끼는 오후 여섯 시는 단순히 퇴근시간을 기다리는 마음과 누군가와의 만남을 기대하는 시간일 것이다. 이 동네는 재촉해서 하루를 빨리 마무리하려는 조급함이 느껴진다. 일찍 자고 일찍 일어나는 일상은 왠지 노무자의 생활 같다. 늦게까지 깨어 있는 이들은 일보다는 놀이에 심취해 있는 경우가 허다할 것이다. 행여 그들의 시중을 드는 일이라면 모를까. 그 외에는 육체의 피로감을 멀리하고 깨어있기가 쉽지 않을 것이다. 다리가 아프고 배도 슬슬 고프다. 자동차를 세워둔 곳으로 내려갔다. 귀퉁이에 바짝 붙어있는 내 차는 주인에게 야단맞은 강아지처럼 기가 죽은 모양이다. 운전석에 앉아 의자를 뒤로 한껏 젖혔다.

잠깐 잠이 들었던 모양이다. 갈증이 나 물을 마시려는데 눈에 띄는 얼굴이 골목에서 나오고 있다. 카고바지 사내다. 말끔하게 차려입은 양복 때문에 그를 몰라 볼 뻔 했다. 하나로 묶었던 머리는 자연스럽게 풀어헤쳤다. 화려하지도 천박하지도, 그렇다고 지적이지도 않은 모습이다. 내가 찾는 이는 아닌 것 같다. 저 사내의 직업이 무엇일지 궁금해진다. 사내를 보며 생각했다. 내가 찾는 이도 스스로 필요에 의해 나와

야만 찾을 수 있을 것 같다.

　뭐든 한 가지에 작정한 사람을 당해내려면 이쪽에서도 거기에 목숨을 걸지 않으면 좀처럼 해결할 수 없을 것이다. 둘이서 움직이는 불륜현장은 그만큼 두 배의 동선을 깔고 움직인다. 그러나 이번 일은 아무런 기본 상황을 모르는 상태이다. 움직임 없는 한 사람의 동선을 찾아내기란 장님이 광화문 네거리를 건너려는 셈이다. 숨은 자 못지않게 석연치 않은 의뢰인은 별달리 범죄의 냄새를 풍기지는 않았다. 오히려 그 점이 더욱 의구심을 자아낸다. 아무래도 다시 한 번 의뢰인을 만나야겠다고 생각했다. 내게 궁금한 걸 묻기 보다는, 경계하는 의뢰인의 얼굴 표정을 보는 것만으로도 뭔가 단서를 잡을 수 있을 것 같다.

　이상한 일은 그때부터였다. 의뢰인과 연락이 되지 않는 것이다. 핸드폰은 정지되었고, 그 외에는 연락할 방법이 없다는 걸 비로소 깨달은 것이다. 더구나 지난 달 빠져나간 관리비를 확인하려고 통장을 찍어보자 더욱 놀랄 일이 있었다. 처음에 계약금 오십 만원을 받았고 나머지는 모든 일이 마무리되면 받기로 했다. 그 잔금이 이미 이틀 전에 입금되어 있는 것이다. 의뢰인은 이미 나와의 일을 끝낸 것으로, 계산까지 마친 것 같다. 그렇다면 나는 이미 승산 없는 게임을 하고 있었던 것이다. 나설 때와 물러설 때를 아는 것. 이건 군대생활에서 얻은 교훈이다. 즉 얻어터지지 않고 사는 법을 말이다.

아이들은 모두 집으로 돌아갔는데 나 혼자 줄곧 숨어 있던 모양새가 되어 버렸다. 또다시 나는 홀로 버려진 느낌이다. 누구의 관심도 없이 좁은 아파트에서 굶어 죽어가는 벌레 같다. 그렇게 하루하루가 지나가도 관리비 연체료가 쌓이지 않으면 아무도 들여다보지 않을 것이다.

또다시 빈 사무실에 죽치고 앉아 누군가의 의뢰 전화를 기다린다. 망망대해에 쪽배를 띄워놓고 빈약한 낚싯대를 바라보는 것 같다. 하루빨리 낚싯줄에 입질이 오면 모를까. 아무 반응 없는 날이 계속되면 나는 뜨거운 햇볕아래 말라가는 건어물이 될 것이다. 사무실 전화벨이 울렸다. 올 커니 물었다. 나는 얼른 낚싯줄을 당겼다. 그러나 이번 일은 달랐다. 내 어머니의 실종 신고였다. 새 아버지로부터였다. 나는 털고 일어났다. 이제 다시는 술래 같은 거 하고 싶지 않다. 절대로 안 할 것이다.

육각 스팽글

육각 스팽글

　응급실 바닥에 스팽글 몇 개가 떨어져 있었다. 금색, 은색 스팽글은 금속 같아서 부딪치면 쇳소리가 날 것 같았다. 승재는 그 중 하나를 집어 들었다. 동글납작한, 가운데 바늘구멍이 뚫려있고 둥근 원 안에 육각으로 모양을 찍은 스팽글이었다. 드물게 떨어진 스팽글을 따라갔다. 맨 구석 침대에서 멈추었다. 승재는 흰 커튼을 밀었다. 반듯이 누워있는 환자의 얼굴이 붕대로 감겨 있었다. 머리맡 표찰에 '안홍주, 절대안정'이라고 씌어 있었다. 굳이 병원이 아니라도 홍주는 늘 안정이 필요했다. 어딘가 발붙이지 못한 모습이 보는 이를 불안하게 했다. 승재는 홍주가 눈앞에서 얼쩡거리는 게 성가셨지만 막상 며칠 동안 보이지 않으면 걱정이 되기도 했다. 도대

체 언제부터 홍주에게 휘둘리게 된 것일까. 홍주 생각만 하면
지금도 몸서리가 쳐진다.

　승재는 으슬으슬한 기운에 눈을 떴다. 어깨가 찌뿌듯하고
온몸이 뻐근했다. 뒷산 쪽에 있는 온천물에 몸을 담그고 싶
은 마음이 간절했다. 그러나 아직 식지 않은 구들장이 좀처
럼 등짝을 놓아 주지 않았다. 자갈 마당에 부딪치는 쇠줄 소
리가 서성이는 순돌이의 몸짓을 떠올리게 했다. 아침산책을
할 때까지 쇠줄 소리를 들어야 할 것이다. 고양이의 날렵한
발자국 소리까지 잡아내는 자갈마당은 뛰어난 방범효과를 주
는 대신 승재의 늦잠을 방해하는 게 흠이었다. 시원한 콩나
물 국물에 고춧가루를 진하게 풀어서 마시고 싶다. 승재는
무거운 몸을 일으켰다. 머리가 띵하게 울리며 어제의 일이
생각났다.

　초저녁부터 안주를 만드느라 술 마실 틈도 없었다. 홍주가
오고나자 어찌나 신경 쓰이는지 부담스럽고 걱정 되다가 서
서히 짜증이 났다. 승재보다 스무 살이나 어린 것이 가끔 카
페의 여주인 행세를 하는 맹랑함 때문만은 아니었다. 홍주가
새끼 무당 인데다가, 살짝 위로 치켜 올라가 째진 눈이 마주
보면 섬뜩했다. 더구나 순돌이가 홍주를 볼 때마다 꼬리를 착

내리깔고 시선을 피하는 것도 꺼림직 했다. 비록 순종은 아니지만 순돌이는 진돗개의 혈통을 이어받았다. 순돌이는 처음 이 카페에 맡겨졌을 때부터, 말이 맡긴 거지 실상 주인에게 버려진 신세에도 불구하고 꼬리를 치켜들고 늘 당당하던 놈이었다. 요즘 이 동네 쌈밥집이나 순두부식당 근처에는 손님들이 승용차에 싣고 온 개를 슬쩍 내려놓고 가버리는 바람에 버려진 개들이 늘어가는 중이었다. 그런 개들은 사람 곁에 가까이 오지 않았다. 믿고 따르던 주인에게 버림받은 배신감 때문인지 사람을 경계하고 동물적인 감각으로 민첩하게 달아나기만 했다. 그나마 순돌이는 주인이 한 마디 말을 건넸다는 이유만으로 '버려진' 개에서 '맡겨진' 개가 되었을 뿐 해가 바뀌어도 전혀 찾아오지 않는 터라 맡았다고 할 수 없었다. 하기야 버려진 개들에게 이 동네는 천국이었다. 일단 주변 식당에서 나오는 음식물 찌꺼기가 넘쳤다. 초기에는 식당에서 남은 음식물 일부분을 구덩이 속에 묻었다. 그러나 개들이 구덩이를 들쑤시고 파헤쳐서 보기에 흉하고 악취를 감당할 수 없어 아예 개밥그릇을 정해 떠돌이 개들을 먹여 살리는 꼴이 되어 버렸다. 그 광경을 본 손님들이 많아지면서 오히려 버려진 개들이 더욱 늘어났다. 그 뒤로 각 식당은 개들의 급식시간을 이른 새벽과 어두워진 다음으로 정해 외부인의 눈에 띄지 않게 했다. 개들에게 한 번의 배신감이 얼마나 큰 것인지 식당 밥은 얻어먹을지언정 절대 소속되지 않는 냉철함을 몸에 익히고 있었다. 개들은 본능적으로 들개의 속성을 갖고 있어서 밖으로 나도는 게 어쩌면 행운인지도 모른다. 먹이는 그뿐이 아니다. 여기에서 한 정거장도 안 되는 북한산 입구 쪽에 안림사가 있다. 그 맞은편 도로에서 숲 쪽으로 십여 분쯤 걸어 들어가면 만수굿당이 있었다. 이 굿당은 단층으로 다섯 동이 병렬식 건전지처럼 나란히 있었다. 여기서 굿판이 벌어질 때면 막 도살되어 온 싱싱한 고깃살이 넘쳐났다.

불광동에 거처를 둔 보혜무당은 한 달에 서너 번 만수굿당에서 굿판을 벌였다. 승재는 굿에 쓰이는 깃발에 글씨를 썼다. 깃발에 쓰는 내용은 무당마다 달랐다. 승재는 그 중 보혜무당이 주문하는, 죽은 이를 위한 지노귀굿에 쓰이는 글귀가 가장 마음에 들었다. 이 일은 승재의 주요한 수입원이었다. 어렸을 때부터 줄곧 써왔던 승재의 붓글씨를 필요로 하는 이는 많지 않았다. 인사동 필방에서 가훈을 써달라는 주문이 한 달에 한두 번 있을까. 주로 카페의 수입과 개인지도 받는 아주머니 서넛의 수강료가 있을 뿐이었다. 혼자 사는 처지라 끼니를 해결하고 종이를 사는 외에 별다른 지출은 없지만 개인 전시회를 하고 싶은 꿈은 저버릴 수 없었다.

아침부터 오기 시작한 비가 하루 종일 내릴 기세였다. 이십 평 남짓한 카페에 유난히 손님이 많았다. 평소에는 온천욕이나 등산을 하러 왔다가 들르는 사람이 고작이라 손님이 많지 않은 편이었다. 정오부터 아주머니 여럿이 들어왔다. 승재가 볼 때 대부분의 여자들은 젊으나 늙으나 비 오는 날씨에 약했다. 겉으로 냉정해 보이는 여자라도 비 내리는 날이면 감상적이 되어 자신의 감정을 쉽게 드러내는 경우가 많았다. 차를 주문했다가도 비가 오기 시작하면 술로 바꿔 시킨다든가 술을 마시던 여자는 폭음하는 것을 자주 보았다. 비에 엉킨 추억을 여자들은 과대포장하고 사는 게 아닌가 싶었다. 그런 날 '화요일에 비가 내리면'을 틀어 놓으면 너나없이 묘한 분위기에 빠져 들어갔다. 어스름한 저녁, 사십대 단발머리 아주머니가 느긋하게 매실주를 마시고 있었다. 매실주는 달짝지근하고 순한 맛에 마냥 마셔대다가 가려고 하면 그때서야 취한 줄 알기 십상이었다. 승재는 단발머리가 권하는 술을 여러 번 거절하다가 예의상 한 잔을 받았다. 마신 잔을 건네고 단발머리에게 술을 따라주는데 홍주가 카페 문을 밀고 들어왔다. 순간 홍주의 두 눈에 번쩍이는 빛이 재빨리 스치는 걸 느끼며 승재의 가슴이 철렁했다. 홍주도 매실주를 시키더니 승재에게 술을 권했다. 그러나 사양하며 돌아서는 승재의 등에 칼날이 꽂히는 서늘함이 느껴졌다.

그 섬뜩함은 이미 이십대에 급히 한 중매결혼으로 터득한 바 있었다. 처녀 같은 몸매 유지를 원했던 승재의 아내는 아이 갖는 것에 관심이 없었다. 살림은 뒷전이고 아침마다 집을 나가 밤늦도록 거리를 떠돌았다. 또한 수시로 싸구려 옷가지를 사들였다. 아무리 무덤덤한 승재지만 아내의 이어지는 외박에는 당할 재간이 없었다. 헤어지자고 요구한 아내는 어이없게도 승재의 성생활이 무능하다며 문제 삼았다. 승재는 밤마다 골목까지 데려다 주던 아내의 남자를 여러 번이나 보았지만 그 일을 들먹이지 않았다. 도리어 아내가 터무니없이 사기결혼이라며 위자료까지 요구했다. 어머니는 승재의 액땜이라며 고향집을 정리했다. 그 뒤 맏사위의 눈치를 보며 얹혀 살던 어머니는 끝내 고향집을 되찾지 못하고 돌아가셨다. 강산이 변할 만큼 시간이 지났건만 승재는 그 일이 아직 생생했다. 여자라면 질려버렸다. 이제 와서 눈빛이 송곳 같은 어린 여자에게 중년이 넘은 인생을 바칠 수는 없다. 볼 때마다 거미줄처럼 끈끈하게 엉켜 오는 홍주의 몸짓에 승재는 손끝이 떨렸다.

"그년이 거시기 뭐시냐 살모사여. 지 에미 잡아 묵었다니께. 그년 낳고 하혈이 심해 이틀 만에 에미가 죽었다잖여. 워디 그뿐인감. 물에 빠진 그년 건지느라 애비에 오빠까지 수장되었제. 고아원에서 그년 탐하려던 원장 놈이 글씨 재미는커녕 허리끈 풀다말고 뇌진탕으로 빙원에 실려 갔다잖여. 그걸로 끝날 년이 아니제. 사내 여럿 잡을 년이여. 거기다 글씨 잡년맨치로 빤쓰꺼정 죄다 빤짝이를 달아 입는다니께."

깃발에 글씨를 쓰던 승재는 장구재비 앞에서 하는 보혜무당의 말을 흘려들었다. 그때는 그게 홍주 얘기인지도 몰랐다. 두 꾸러미나 되는 보혜무당의 한복을 들고 홍주가 방문을 열었을 때 보혜무당이 공연히 헛기침을 하는 걸 보고 눈치 챈 것이다. 이래저래 홍주와 엮이고 싶지 않았다. 여자라면 전처를 끝으로 모든 인연을 끊었다고 새삼 다짐했다.

승재는 늦은 시간에 찾아온 홍주가 달갑지 않았다. 실내를 휘둘러보는 태도가 마치 승재를 감시하러 온 듯 했다. 단발머리는 기분 좋게 취했다. 한쪽 구석에 앉은 홍주도 서서히 취해 갔다. 승재는 왠지 불안했다. 홍주는 반쯤 피우던 담배를 치켜들고 단발머리를 가리키며 말했다.

"아줌마 지금 이러고 있으면 어쩌누. 빨리 집에 가보셔."

단발머리의 두 눈썹이 움찔거렸다. 승재는 홍주가 어쭙잖

게 보혜무당 흉내를 내는 모습이 가소롭게 보였다. 홍주는 신병을 앓은 강신무도, 집안에 내려오는 세습무도 아니었다. 그저 보혜무당과 인위적으로 얽힌 관계를 착각하고 있는 게 아닌지 승재는 웃음이 나왔다. 보혜무당은 강신무였다. 신을 모시고 제상을 향해 진행되는 그녀의 굿은 흘러넘치는 공수가 압권이었다. 배우라면 그 누가 저 많은 대사를 외울 것이며 신발이 오르지 않고서는 고시생 의대생이 전문서적 외우듯 입에서 줄줄 꿰어 차며 넘어가는 공수가 가당키나 하겠는가. 대체로 무당에게서 신기가 빠져 나갈 때 무구(巫具)를 전해줄 신딸이 없으면 불에 태우거나 땅속에 묻는다고 했다. 보혜무당이 찾은 무구는 꿈에서 본 그대로였단다. 눈을 뜨자마자 달려 나가 북한산 의상봉 골짜기 쌍도토리나무 밑에서 손톱이 너덜거릴 정도로 피를 흘리며 땅을 파냈다고 들은바 있었다. 투명 비닐 세 겹으로 감싼 사과 상자 속에는 지금껏 보혜무당의 손에 흔들려 울리는 방울과 징, 장군 신을 맞이할 때 입는 누리끼리한 무복이 들어 있었다고 했다. 무복의 오른쪽 소맷부리에는 세탁소에서도 없애지 못한 돼지피의 흔적이 희미하게 남아 있었다.

홍주는 무슨 이유로 무당 일을 하겠다는 것일까. 승재는 홍주의 생각이 궁금했다. 홍주가 고아원에서 뛰쳐나와 연신

내 사거리를 헤맬 때 만난 보혜무당이 그녀에게 무엇일까. 단지 중, 고등학교를 보내준 이유만으로 나머지 인생을 차압 한다면 지나치게 가혹하지 않은가. 그렇다고 승재가 나설 일이 아니었다.

두어 시간 지나 단발머리가 일어났을 때 홍주는 매실주 두 병을 다 마시고 탁자에 엎드려 자고 있었다. 단발머리는 혀를 차며 돌아갔다. 아무리 깨워도 홍주는 일어나지 않았다. 승재는 검은색 파카를 꺼내 홍주의 어깨를 덮었다. 승재는 방으로 들어왔다. 겨울에는 기름보일러를 틀어 바닥이 따뜻해도 벽난로를 피우지 않으면 북한산의 드센 외풍이 어깨를 움켜쥐었다. 외로움은 추위와 맞물려 오나보다. 승재는 봄이나 여름에는 그나마 허전함이 덜했다. 뒤뜰에, 가마니 열 장정도 크기의 텃밭이 있었다. 상추와 쑥갓을 심어 먹는 맛이 쏠쏠했기에 봄부터 씨 뿌릴 땅을 고르느라 마음이 들떴다. 봄이면 쑥이나 민들레를 캐서 말려 두는 게 일이었다. 가끔 찾아오는 가까운 이들과 차를 즐기는 시간이 작은 낙이었다. 해가 길어지는 여름에는 새벽에 일어나 자투리 공터에 그냥저냥 뿌려둔 호박덩굴이 뻗을 대로 뻗은 곳을 찾았다. 호박꽃 속의 촛불 같은 수술대를 꺾어들고 암술을 찾아 접을 붙이러 다녔다. 오는 길에 질경이와 씀바귀를 따다 무쳐 놓으면 간혹 맛을 본 카페 손님들의 입이 벌어졌다. 그러나 서서히 찬바람이 불기 시작하면 승재의 마음은 우울해지고 길어진 겨울밤을 보낼 일이 걱정이었다.

방문을 열고 신발을 신으려던 승재는 한숨이 절로 나왔다. 좌식 탁자 사이에 방석 여러 개를 꼭 끌어안고 어젯밤 그대로 홍주가 자고 있었다. 이 부근은 식당 외에 이십 여 채의 가구가 모여 살고 있다. 아무리 카페라 해도 이웃의 시선을 의식하지 않을 수 없었다. 지나가던 누군가가 이런 모습을 본다면 쓸데없이 남의 입에 오르내릴 것이다. 유리창으로 승재의 모습을 본 순돌이 움직임이 분주해졌다. 홍주를 흔들었다. 흘러내린 앞머리가 얼굴의 반을 덮고 있다. 얼굴색이 창백했다. 매서운 눈을 감은 홍주의 얼굴은 코가 뭉툭해서인지 귀여운 느낌마저 들었다. 평범한 가정의 이십대 여자라면 한창 꿈 많은 미래를 간직하고 있을 때이다. 살기 위해, 살아남기 위해 홍주는 부모에게 의지할 많은 일들을 스스로 해왔을 것이다. 보호와 충고 없이 온갖 착오를 몸으로 느끼고 감정이 깨져가며 몇 배의 시간을 아프게 돌아왔을 것이다. 승재만 해도 그렇다. 홍주가 양가집 규수라면 콜택시를 불러서라도 집으로 돌려보냈을 것이다. 이유야 어쨌든 안쓰럽고 미안하기까지 했다.

순돌이가 짖었다. 승재는 카키색 점퍼를 걸쳤다. 순돌이가 우선 볼 일을 끝내야 마음이 놓인다. 개 줄이 얼음처럼 차가웠다. 줄을 푼 순돌이는 저만치 앞서갔다. 온천 앞 주차장에 대여섯 대의 승용차가 서 있고 알로에 농장을 하는 털보의 낯익은 트럭이 보였다. 승재는 군부대가 보이는 막다른 길 앞에서 되돌아섰다. 그제야 순돌이는 숲에서 나왔다. 순돌이는 고양이도 아니면서 제 뒷일을 승재에게 보여주지 않았다. 털보 부부가 온천에서 나오고 있었다. 털보가 승재에게 손을 흔드는 사이 그의 아내가 운전석에 앉아 트럭의 시동을 걸고 있었다. 배기가스를 뿜어대며 트럭이 떠났다. 순돌이가 카페로 돌아가고 있었다. 난처한 상황을 염려하며 카페 문을 밀었다. 홍주가 없었다. 궁금하면서 후련하기도 했다. 검은색 파카를 집어 들었다. 스팽글 서너 개가 비듬처럼 떨어졌다. 홍주가 머물다 간 자리에 늘 스팽글이 반짝였다. 순돌이가 카페 문을 툭툭 쳤다. 승재는 주방으로 들어가 어젯밤에 남은 돼지고기를 빈 접시에 담았다. 개는 주인보다 먼저 아침을 먹이지 않는단다. 그렇지만 승재는 아침을 거르고 살아 온지가 워낙 오래되었다. 그저 하루 두 번의 끼니로 족했다. 아침에는 냉수 두 잔이 오히려 위를 편하게 했다. 해가 바뀔수록 위장활동이 둔해지고 식욕이 줄어들었다. 먹는 거 자체가 구차할 때가 많

았다. 누군가와 함께 식탁에 마주 앉으면 그나마 즐거움을 알
듯 하다가도 혼자 먹는 끼니는 스스로를 처량하게 했다. 카페
가 늘 열린 공간이다 보니 언제 누가 올지 몰랐다. 남자 체면
에 주방 싱크대에서 급히 때우고 넘기기에는 자존심이 허락
하지 않았다. 밥상을 대충 차릴 수가 없었다. 비록 카페를 할
지언정 승재의 마음속에 서예가로서의 기품을 저버려선 안
된다는 중압감도 있었다. 그러다 보니 혼자 먹을 때도 국이
나 찌개를 끓이고 반찬 통에서 꺼낸 찬을 작은 접시에 가지런
히 담아 놓고 먹어야 했다. 냉장고를 정리하며, 부족한 양파
와 깻잎, 소면을 메모지에 적었다. 차에 띄울 마른 국화꽃잎
은 다음 주 인사동에 나가서 살 것이다.

　문 앞에 앉아 있던 순돌이가 껑충껑충 뛰었다. 자전거를
끌고 자갈마당을 나왔다. 순돌이는 벌써 매끈한 길에서 기다
리고 있었다. 50m 정도 나가면 작은 가게에 간단한 생필품
과 흔히 먹는 야채는 있지만 굳이 구파발 시장까지 순돌이와
달린다. 송추를 거쳐 의정부까지 이어지는 새로 확장된 도로
는 새벽이나 늦은 밤에는 자동차들이 무지막지하게 속도를
냈다. 순돌이는 동네 사람들이 다니는 좁은 일차선 길을 앞서
가며 가끔 뒤를 보고 자전거와의 간격을 맞춘다. 이 일대의
비닐하우스에서는 대부분 알로에를 키우고 있었다. 비닐하우

스마다 삐져나온 굴뚝으로 연기가 오르고 있었다. 구파발 시장은 삼층 건물 다섯 개가 오각형을 이루고 그 안쪽으로 상권이 형성되어 있었다. 좁은 좌판 사이에 전기난로와 석유난로가 어우러져 상인들의 몸을 녹이고 있었다. 순돌이는 늘 가는 야채 좌판으로 먼저 달려갔다. 언제보아도 느긋한 야채가게 아주머니가 거북이 등짝 같은 두툼한 손으로 순돌이를 쓰다듬었다. 빨간 플라스틱 바구니에 담겨 있는, 올망졸망 크기가 다른 양파를 사고 종이비행기처럼 접혀있는 깻잎 열 뭉치를 샀다. 야채가게 아주머니는 승재를 '홀 선상'이라고 부른다. 처음 듣는 사람들은 그 호칭을 카바레에서 춤을 가르치는 선생이라고 알아들었다. 그럴 때면 이른 아침 장에 나온 선상이 홀아비 같아서, 라고 아주머니가 해명해 주었다. 자전거 받침대를 올리자 순돌이의 엉덩이도 들렸다. 몇 걸음 지났을까, 순돌이가 꼬리를 내리며 승재 뒤로 쳐지고 있었다. 순돌이의 비껴가는 시선을 따라갔다. 기다란 나무의자에 앉아 순대를 먹고 있는 홍주가 불과 스무 걸음도 못 미치는 곳에 있었다. 두툼한 청재킷 안에 입은, 스팽글이 반짝이는 연두색 티셔츠가 마치 밤일을 마친 호스티스의 아침 해장을 떠올리게 했다. 승재는 망설였다. 괜히 아는 척을 했다간 쉽게 갈 수 없을 것 같아 슬쩍 뒤돌아섰다. 시장을 벗어나자 순돌이의 꼬리가 다시 치켜 올라가 있었다.

　날씨가 갑자기 추워졌다. 점심시간이 지나도 손님이 오지 않았다. 늦은 점심을 먹고 뜰에 나가 순돌이 앞에서 담배를 피웠다. 라면박스를 깔아놓은 순돌이 집 속에 두툼한 겨울옷이라도 넣어줘야겠다. 자갈 마당에 쭈그리고 앉은 순돌이 엉덩이가 시릴 것 같아 개집 안으로 들이밀어도 순돌이는 여전히 승재 앞에 앉아 있다. 자갈 부대끼는 소리에 순돌이 귀가 바짝 섰다. 서예 교습생의 흰색 승용차다. 교습생은 새끼 돼지 같이 통통한 하얀 개를 안고 내렸다. 미안해요, 선생님. 애가 혼자 놔두면 워낙 스트레스가 심해서, 지금 새끼를 가졌거든요. 저 글씨 쓸 동안 옆에 조용히 앉혀 둘게요, 말로는 미안하다면서 표정은 전혀 미안해하지 않았다. 카페 안으로 들어가며 승재는 마당에 남아 있는 순돌이를 흘깃 보았다. 순돌이는 하얀 개와 눈을 맞추고 있었다. 애견 카페가 아닌 이상, 실내에 개가 있는 건 손님에 대한 예의가 아니다. 누구나 개털이 떠있는 차를 마시고 싶지 않을 것이다. 아무리 서진으로 화선지를 눌렀어도 왼 손은 개를 만지며 오른 손으로 글씨를 쓰다니. 승재는 차츰 얼굴이 굳어졌다. 이 교습생 같은 경우 처음부터 가르치고 싶지 않았다. 글씨를 쓰기 위해서는 자세가 기본이다. 그렇지 않고서야 십 년을 배운다 한들 아무런 의미가 없는 일이었다. 단정한 마음가짐 없이 써내려가는 글씨는 단순히 먹칠에 불과 할 뿐 생명력을 느낄 수 없다. 기본자세와 마음가짐 없이 뭘 어쩌자는 것인지 알 수 없는 노릇이었다. 마침 털보가 농장에서 갓 자른 알로에 줄기를 볏단처럼 끼고 들어왔다. 털보는 승재에게 가만있으라는 손짓을 하고 주방으로 갔다. 털보가 금세 알로에 주스를 만들어 내왔다. 그 바람에 교습생은 화선지를 밀어냈다. 입심 좋은 털보와 수다를 떨던 교습생은 털보에게 한 턱 낸다며 저녁까지 술을 마셨다. 어두워진 다음에는 음주운전이라며 술이 깰만한 시간을 보냈다. 교습생은 금쪽같이 여기던 하얀 개가 마당에서 순돌이랑 어울리는 줄도 모르고 있었다.

보혜무당이 전화를 걸어 홍주를 찾았다. 홍주가 다음 주굿에 쓸 수팔년꽃을 만들기로 했단다. 방안에 재료만 정신없이 늘어놓고 이틀째 들어오지 않았다고 했다. 요즘은 재생과 환생의 의미를 담은 살제비꽃이나 한 가지에 여러 개의 송이를 꽂았다는 의미로 이름붙인 가지꽃, 또는 높이 솟아 한껏 화려해 보이는 수팔년꽃을 만물상에서 팔고 있었다. 굳이 따로 만들 필요는 없지만 보혜무당은 어차피 모두 다 상상의 꽃이라며 한 송이씩 정성껏 만드는 걸 좋아했다. 홍주가 요즘 마음을 못 잡고 붕 떠있는 게 걱정이라고 했다.

그녀는 홍주가 새끼무당으로 영 미덥지 않은 모양이었다. 하기야 홍주는 여느 새끼무당과는 입장이 다를 수밖에 없지 않은가. 굿판이 벌어지면 무당을 중심으로 사람 손이 많이 필요했다. 한복만 해도 오십여 벌이 쓰였다. 벗기고 입히고, 수없는 반복을 두세 명이 옆에서 도와주어야 한다. 보혜무당의 연륜을 말해 주듯 그녀의 내림굿으로 무당이 된 신딸은 거의 십여 명에 이르렀다. 그 딸들은 나이에 관계없이 먼저 내림굿을 받은 순서대로 자매관계를 맺고 전국각지에 흩어져 살면서 서로의 굿에 품앗이 하듯 오가며 도움을 나누었다. 그 판에서 홍주는 제외되었다. 홍주는 신의 부름을 받지 않았기에 사실상 무당 자격이 있다고 볼 수 없었다. 신병을 앓지도 않았고 스스로 영통한 무불통신도 없었기에 무당의 신도인 무쟁이 정도밖에 인식되지 않았다. 보혜무당이 중간에서 신딸들과 홍주를 친하게 맺어주려고 애썼지만 홍주는 그들에게 번번이 거부당했다. 홍주는 누구에게도 제대로 인정받지 못하고 겉돌았다. 요즘 홍주에 대한 보혜무당의 마음이 흔들리는 것 같았다. 그래서 홍주가 부쩍 카페에 드나드는지도 모를 일이다. 승재는 전화를 끊고 나서 창밖을 내다보았다. 마당에 켜 놓은 동그란 등 주변에 거미줄 같이 가는 비가 사선으로 내리는 게 보였다. 시장 좌판에서 순대를 먹던 홍주를 못 본 척 한 게 마음에 걸렸다. 그러다 보면 승재의 마음속에 못이 되어 박히는 여자가 한 둘이 아닐 것이다.

카페에는 희한한 여자들이 많이 왔다. 남편과 싸우고 나온 여자가 승재에게 하소연 하다가 술에 취해 집에 안 간다고 뻗대질 않나, 친구 여럿을 데리고 와서 승재를 애인이라고 소개하는 경우도 있었다. 붓글씨를 서너 달 배우고 제대로 사귀자는 삼십 대 후반의 노처녀도 있었다. 승재는 그런 일에 있어서 매몰찼다. 돌아가신 어머니는 승재가 태어날 때 탯줄을 목에 걸고 나와서 필경 스님이 될 팔자라고 했다. 그 뜻을 거역하니 이렇듯 순탄치 않다는 염려 속에 한평생을 보냈다. 담배를 피우며 창밖을 바라보던 승재는 개집 속에서 두 개의 초록빛이 번쩍이는 것을 보았다. 어두운 곳에서 순돌이의 눈이 초록 형광색으로 보였다. 크르릉 소리와 함께 순돌이가 뛰어 나왔다. 승재는 순돌이의 시선을 살폈다.

누군가 걸어왔다. 순돌이의 소리가 잦아들며 꼬리가 아래로 내리붙었다. 홍주였다. 승재도 꼬리가 있다면 내리 붙을 거 같았다. 카페 문을 밀고 홍주가 들어왔다. 홍주는 왼손에 든 검은색 우산을 우산꽂이로 쓰는 새우젓 항아리에 처박듯이 집어넣었다. 꽉 끼는 청바지 아랫부분 이십 센티 정도가

비에 젖어 짙은 군청색을 띄고 있었다. 앞코가 뾰족한 구두
는 검은색 광목처럼 빛이 죽어 있었다. 가는 비에 저 정도로
젖으려면 꽤나 돌아다녔을 것이다. 청재킷 안에 입은 스팽글
티셔츠는 추워 보였다. 보혜무당 한복의 스팽글은 평면이어
서 날아갈 듯 가볍고 경쾌한 소리가 날 것 같았다. 그러나 홍
주가 꿰매단 각진 스팽글은 그 입체감이 분위기에 따라 다른
재질로 보인다. 지금 홍주의 스팽글은 물에 젖은 생선비늘 같
았다. 홍주는 오른손에 들고 있는 검은 비닐봉지 속에서 반쯤
마신 소주병을 꺼내 탁자 위에 올려놓았다.

　"선생님도 한 잔 드실래요?"

　홍주는 승재를 오빠라고 불렀다가 보혜무당에게 몇 번의
꾸지람을 듣고서 겨우 선생님이라 불렀다. 홍주는 비닐봉지
속에서 찌그러진 종이컵과 오징어다리를 꺼냈다. 속이 보이
지 않는 검은 비닐봉지 속에는 뭐든지 다 들어 있을 것 같았
다. 칫솔과 치약 심지어 팬티도 있지 않을까 하는 엉뚱한 생
각이 들었다. 승재는 냉장고에서 김치를 꺼내고 저녁에 먹다
남은 참치찌게를 데웠다. 홍주는 세운 무릎에 가슴을 붙이고
떨었다. 승재는 벽난로에 장작 서너 개를 더 넣었다. 순돌이
가 두어 번 짖었다. 내다보기도 전에 털보가 어깨를 잔뜩 웅
크리고 들어왔다. 털보와 홍주는 마주보고 피식 웃는다. 승재

는 궁금했다. 그러고 보니 털보의 바지 아랫부분도 이십 센티쯤 비에 젖어 있었다. 승재는 털보의 웃음이 왠지 불쾌했다. 남녀의 묘한 저 눈빛을 승재는 이미 이혼한 아내에게서 겪어낸 바 있었다. 대부분의 남녀가 말보다 눈으로 전하는 그 은밀한 소통은 주로 욕정을 담고 있지 않던가. 승재는 참치찌개 냄비를 들고 주방으로 들어갔다. 찌개에 김치를 더 넣고 참치 캔 하나를 땄다. 찌개를 끓이는 동안 털보와 홍주의 키득거리는 소리가 들렸다. 얼핏 털보 아내의 투박한 손과 주근깨 가득한 얼굴이 생각났다. 승재가 냄비를 들고 나왔을 때 그들은 탁자 밑으로 서로의 맨발을 툭툭 치고 있었다. 내친 김에 소주 두 병을 꺼내놓고 승재는 방으로 들어왔다. 털보가 승재를 불렀다. 승재는 거듭 피곤하다고 했다. 아예 전등불을 끄고 자리에 누웠다. CD플레이어에서 장사익의 '찔레꽃'이 나오자 털보는 볼륨을 높이고 따라 불렀다. 장사익의 노래가 끝나자 홍주는 CD플레이어를 끄고 심수봉의 '그때 그 사람'을 부르기 시작했다. 홍주에게 '그 사람'이라고 지칭할 사람이 과연 있을까. 홍주의 콧소리는 트로트 가수 못지않았다. 연예인도 신기가 없으면 못할 것이다. 무당이 굿하듯이, 무대에서 카메라 앞에서 그 멋쩍은 행위를 하는 게 맨 정신으로 아무나 할 수 있는 일이 아닐 것이다. 그렇다면 반대로 무당기질이 다분하다면 연예인의 끼를 부릴 여지가 얼마든지 있다는 얘기와도 통한다. 털보와 홍주가 불러대는 가락을 따라가다 승재는 잠이 들었다.

끝이 보이지 않는 흰색 길에서 뜨거운 열기가 올라오고 있었다. 코끝에 땀이 맺히고 얼굴이 화끈거렸다. 승재를 지나쳐 가던 버스가 10m 쯤 앞에서 멈추었다. 흙먼지가 가시기도 전에 시커먼 매연을 뱉으며 버스는 떠났다. 뿌연 먼지가 서서히 가셨다. 붉은 색 스팽글이 띄엄띄엄 박힌 검은 색 숄을 머리에 쓴 여자가 앞서가고 있는 게 보였다. 햇빛에 눈이 부셨다. 승재는 왼 손을 이마에 갖다 댔다. 앞서 가던 여자와 거리가 좁혀졌다. 여자는 맨발이었다. 길바닥은 시골학교 운동장처럼 자잘한 돌들이 뜨거운 햇볕에 달구어져 있었다. 겨우 두어 걸음을 사이에 두고 여자가 풀썩 주저앉았다. 순간 그 여자를 부축하려 자신의 손이 뻗어 나가는 걸, 승재는 남의 손 인양 바라보았다. 홍주였다. 원망이 가득한 눈에 눈물을 가득 담고 있었다. 당황한 승재는 홍주를 일으키려 했다. 홍주는 억센 힘으로 승재를 뿌리쳤다. 검은 색 숄에서 스팽글 서너 개가 콩처럼 튀었다.

요란한 전화벨 소리에 승재는 잠이 깼다. 보혜무당이었다.

"보소, 이 선상 언능 요기로 와야 쓰겠소 사고가 났당께로.”

　승재는 커다란 얼음덩이에 가슴을 된통 얻어맞은 기분이
었다. 비는 그쳤고 기온은 뚝 떨어졌다. 웬일인지 순돌이는
개집에서 꼼짝도 하지 않고 웅크리고 있었다. 개집으로 가다
보니 비에 씻긴 핏자국이 마당에 듬성듬성 묻어 있었다. 순돌
이 집에 깔아 놓은 승재의 낡은 회색 점퍼에도 피가 묻어 있
었다. 순돌이를 부르는 승재의 목소리가 떨렸다. 순돌이는 동
그랗게 말았던 몸을 움찔하며 승재를 내다보았다. 승재가 두
손을 내밀어도 순돌이는 나올 생각을 하지 않았다. 순돌이의
왼쪽 귀에 덜 마른 피가 엉겨 있었다. 하룻밤 새의 일이라고
믿어지지 않았다. 하기야 모든 일은 하룻밤 사이에 일어나는
것이다. 버려진 개들이 야성화 되자 주민들은 밤길이 두렵다
고 했다. 그 첫 번째 표적이 순돌이가 아닌가. 이 일을 주민
들에게 알리고 뭔가 구체적인 조치를 취할 때가 되었다. 말
못하는 짐승일지언정 순돌이는 승재에게 그 누구보다 든직한
가족이었다. 가끔 글씨를 쓰다 마당을 내다보면 딴 짓하던 순
돌이가 어느새 승재와 눈을 맞추었다. 사람이 수시로 드나드
는 공간이어서 웬만큼 낯선 이가 아니면 순돌이는 짖지 않았
다. 순돌이는 사람 가려내는 능력이 탁월했다. 순돌이가 짖은
사람은 대부분 카페에서 말썽을 피웠다. 만약 순돌이가 홍주

를 피하지 않고 따랐다면 승재도 그만큼 홍주에게 관심을 가졌을까 잠시 생각해보았다. 구파발로 나가는 택시가 눈에 띄지 않았다. 승재는 달려오는 승합차를 향해 윈도우브러시처럼 양팔을 흔들었다.

이십 평 남짓한 병원 로비는 한산했다. 42인치 정도 되는 어항 앞에, 플라스틱 의자에 앉아 있는 보혜무당이 금방 눈에 띄었다. 보혜무당은 바닥에 흰색 고무신을 벗어놓고 의자에 책상다리를 하고 앉아 담배를 피우고 있었다. 보혜무당은 전혀 무당 같지 않고 그저 어디서나 볼 수 있는 시골 노인네 같았다. 승재가 다가서자 보혜무당이 찌푸린 얼굴을 폈다. '워쩐디아'만 반복하는 앞에서 승재는 달리 할 말이 없었다. 술에 취한 털보가 트럭에 홍주를 태우고 만수굿당으로 가고 있었단다. 도로에 느닷없이 뛰어든 개를 피하려다 송추에서 달려오는 트럭과 충돌해 털보는 혼수상태로 중환자실에 실려갔고 홍주는 응급실에 있다고 했다. 홍주가 어느 정도 다쳤냐는 말에 죽지는 않았다고 했다. '죽지는' 않았다고. 설령 홍주가 죽었다 해도 진정으로 슬퍼 할 사람이 과연 몇이나 될까. 앞으로 몇 년일지 몇 십 년일지, 알 수 없는 그녀의 인생이 어쩐지 초라하게 마무리 될 것 같은 느낌이 들었다. 그렇다고 승재라 해서 그다지 다를 건 없을 것 같다. 살아가면 갈수록 그날이 그날이고 세상 어디에도 새로운 건 없지 않던가.

"안홍주씨 보호자 분!"

간호사의 목소리에 승재는 보혜무당과 마주 보았다.

게으른 캥거루

게으른 캥거루

벽시계를 보니 벌써 12시다. 머리맡의 핸드폰을 집어 폴더를 열었다. 11시 55분이라는 선명한 숫자가 푸른 하늘 화면에 박혀있다. 잠시 호흡을 가다듬는다. 조용하다. 아무도 없는 것 같다. 방문을 열고 한 발을 내딛자 발바닥이 차갑다. 냉장고를 열고 1000ml 우유를 꺼내 그대로 입에 대고 마신다. 이러다가 엄마한테 들키면 욕 한 바가지다. 욕은 둘째 치고 우선 놀라서 우유를 러닝셔츠에 쏟고 컥컥대기 십상이다. 주방에서 움직일 때는 나도 모르게 발뒤꿈치가 올라간다. 나는 분명 이 집 아들이 맞다. 하숙생이 아니다. 그런데도 남의집살이를 하는 눈치꾸러기 같다. 하긴 나이 사십에 부모 곁에 빌붙어 사는 나 같은 캥거루족이 얼굴 쳐들고 뻔뻔할 수 는 없다. 엄마는 내가 대낮에 동네를 어슬렁거리는 걸 제일 못마땅해 한다. 동네사람들한테 쪽 팔린다는 것이다. 내가 초등학교 2학년 때부터 여기서 살았으니 그럴 만도 하다. 하지만 난 엄마한테 섭섭하다. 아빠도 쪽 팔리긴 마찬가지겠지만 크게 내색하지 않는다. 하기야 동네 사람들은 엄마와 친하지, 아빠는 좀 어려워한다. 내가 결혼을 못하고 아직 이 모양인 것이 꼭 내 탓만은 아니다. 본디 허약하게 태어난지라, 그저 먹이는 걸로 나의 유년과 청소년기를 감싸왔던 엄마 아빠, 그러다보니 점점 비만해진 내 몸은 어느 정도 부모의 책임도 있지 않나 말이다. 이래저래 병치레에 학교 공부가 서툴기 마련이었고, 공부에 흥미를 잃다보니 매사에 의욕이 없고 자연히 사회적인 능력이 좀 떨어지게 된 것이다.

돼지그림이 있는 머그잔에 커피믹스 두 봉지를 털어 넣고 걸쭉하게 탄 커피를 우선 마셔야 정신이 난다. 아빠, 이 '아빠'라는 호칭 때문에 매일 엄마한테 욕을 먹는다. 아빠를 아빠라고 부르지 아무리 나이 사십이라지만 결혼도 못한 내가 새삼스레 '아버지'라고 부르는 게 나는 좀 껄끄러운 것이다. 아빠는 집에서 50m 거리에 있는 중형마트로 출근한지 사 년 정도 된다. 부동산 중개인 생활을 청산하고 노후까지 짊어질 직업이 기껏 일손 번거로운 마트라니, 경제개념이 영 꽝이다.

요즘 같은 때에 차라리 24시 편의점이면 모를까. 거기다 자식이나 많아야 인건비라도 뽑지 아들 하나 달랑 있을 뿐이다. 그것도 허구한 날 집에서 뒹구는 내 꼴이라니. 지금 그 개념을 탓할 내 주제도 아니지만 말이다. 커피를 다 마셨으니 이번에는 냉동실을 열고 우선 비비빅을 하나 꺼내 쭉쭉 빤다. 이제 정신이 좀 나는 것 같다. 이집에 살면서 최초의 기억은 흐릿하지만 하드를 입에 물고 있었던 것은 확실하다. 팥 앙금이 가득했던 아이스 바와 초콜릿이 겉을 감쌌던 아이스 바, 이 둘 중 하나였다. 아무리 딸기, 수박, 복숭아, 최근엔 토마토 맛 까지 나왔지만 그래도 역시 팥과 초콜릿을 능가하진 못한다. 찌개 냄비 뚜껑을 열었다. 동태찌개를 끓인 모양인데 동태는 알사탕만한 눈깔이 박힌 대가리와 꼬리만 있고 무와 두부 서너 조각이 전부다. 뚜껑을 덮는다. 맘 상했다. 엄마는 늘 아빠 밖에 모른다. 내가 이집 아들이 맞는지 의심스럽다. 새삼스러운 건 아니지만 말이다. 냉동실 문을 연다. 단팥 호빵 두 개를 꺼내 전자레인지에 돌린다. 이제 아침은 해결됐고, 슬슬 나가봐야겠다. 갑자기 대문열리는 소리가 요란하다. 저 문 좀 고쳤으면 좋겠다가도 그러면 내가 미처 대비할 시간이 부족하다. 그냥 저 소리가 나 줘야 한다. 나는 얼른 방으로, 그리고 이불 속으로 기어들어갔다. 현관문 또한 가히 기막힌 소리 한 번 질러준다. 대문이 사자소리면 현관문은 소형 개 정도이다. 쿵쿵 소리를 내며 마루를 지나 안방 문을 열고 들어가 십여 분 쯤 지나 다시 쿵쿵 주방으로 가는 소리. 지금 쯤 밥솥과 냄비 뚜껑을 열고 내가 밥을 먹었는지 살펴 볼 것이다.

"지금이 몇 신데 이놈은 아직도 디비져 자는 거야! 팔자가 늘어졌네, 늘어졌어."

다시 쿵쿵. 이번에는 내방으로 오는 소리. 이제 한 번 더 들어야 한다. 방문이 열린다.

"어이쿠, 내 팔자야, 나이 사십 먹은 백수 놈, 어이쿠, 쪽 팔려, 어느 미친년이 이런 놈한테 시집올까, 어리바리한 욜라 뽕 따이 동남아 년이면 모를까."

방문이 거세게 닫히고 다시 쿵쿵 소리, 개 짖는 듯 중간 소리 한 번, 사자 소리 한 번, 이제 끝이다. 나는 거북이 대가리처럼 파묻었던 머리를 쑥 빼고 숨을 크게 쉰다. 이제 점심시간이다. 나는 방문을 열고 주방으로 간다. 식탁 위에 하얀 스티로폼 도시락이 하나 있다. 족발이다. 삼분의 일 정도는 먹어도 된다. 먹다보니 반을 먹었다. 얼른 내빼는 게 낫다. 미지근한 물을 틀어 놓고 면도를 한다. 백수에게는 여름이 제일 만만하다. 추운 건 질색이다. 밖에 나가도 딱히 갈 데도 없고 거리를 걸어도 신세한탄만 나온다. 그래도 딱 하나 좋은 건 있다. 춥지 않은 계절에는 집 앞 좁은 골목 구멍가게 앞에 평상을 내놓고 동네 아주머니들이 모여앉아 마늘을 까거나 콩나물을 다듬기도 하지만 일단 날씨가 추워지면 골목어귀는 강아지 한 마리도 눈에 띄지 않는다는 건 매우 환영할 일이다. 한여름에, 더구나 골목 평상에 엄마가 앉아 있다하면 내 등엔 불화살이 쌍으로 꽂히는 것이다. 이렇게 세상일은 하나 좋으면 다른 하나가 나쁘고 이래저래 두루 뭉실 굴러가는가 보다. 블랙 진 바지를 입고 주머니에 손을 넣어본다. 어젯밤에 아빠가 찔러 준 만 원짜리 석 장이 들어있다. 이렇게는 못 할망정 엄마는 늘 똥 싼 바지처럼 늘어지게 입는다고, 고딩이나 할 짓을 나이 사십에도 낯 두껍게 하고 다닌다고 타박이다. '나이 사십'이란 소리는 작년에도, 재작년에도 들었는데 작년에는 정확히 39세였다. 그렇다면 내년에는 엄마가 과연 뭐라 부를까. 나이 41? 그건 좀 어울리지 않는다. '나이 사십'을 한 43세까지는 끌고 가도 되지 않을까 모르겠다.

버스를 타고 한강다리를 넘어간다. 넘을 때 마다 느낀다. 내가 강남 사람이었구나. 그러나 상대적으로 부유하다는 느낌은 좀처럼 들지 않는다. 영등포구 신길동을 강남권이라고, 부유하다고 할 사람은 아무도 없을 것이다. 혹, 여의도라면 모를까. '나는 강남에 사는 비 강남권인 사람이다'가 비교적 적절한 표현일 것이다. 오늘도 변함없이 긴 칼 옆에 차고 선 이순신장군상을 바라보면 나도 모르게 오른 손이 왼쪽 가슴 위로 올라가려 한다. 왼손으로 오른손을 누른다. 날마다 즐겨 찾아오는 교보문고를 정문이 아닌 뒷문으로 들어간다. 정문 쪽의 나선 계단을 내려가면 왠지 어지러워진다. 뭔가에 홀려서 지하로 빨려 들어가는 기분이 영 개운치 않다. 더구나 입구에 걸려있는 노벨상 수상자들의 대형사진은 나를 더욱 별 볼 일없는 인간으로 위축시킨다. 내 나이 사십에 뭔가에 위축되어선 안 된다. 그럴 경우 다시 힘을 내서 앞으로 나갈 모든 에너지를 잃기 때문이다. 내가 위로 받는 건 대기만성이다. 나이 사십에 새로운 도전으로 성공한 사례라든가 그 나이에 어딘가로 이민을 떠난다든가 하는, 내가 고개를 끄덕이며 수긍할 수 있는 일들을 가능한 한 많이 보고 듣고 읽는 것이다. 하다못해 나이 사십에 재혼하는 경우도 나의 호기심을 자극한다. 결혼을 한 번도 못 해본 내게 두 번이나 하는 인간이 존경스럽거나 뻔뻔해 보이는 이유는 나도 잘 모르겠다. 삼십 대 중반만 해도 동창생이나 선후배를 가끔씩 만나는 게 어렵지 않았다. 그러나 어느 순간 그들에게는 아내와 자식이라는 가족이 생겨버렸다. 그렇게 또 한두 해가 지나고

부터 그들의 대화에서 나는 점차 밀려나고 있었다. 처음에는 대화에서 시작해 옷차림과 머리모양까지 달라졌다. 사람들은 끼리끼리라고, 비슷한 부류가 모여야 마음이 편안한가 보다. 생태계에서 단계가 낮은 동물들이 냄새로 서로를 확인하고 안심하듯 사람은 자신과 다른 유행 감각을 낯설어하고 급기야 못 견디는 족속임을 인정하게 되었다. 그들과의 관계가 소원해지고 몇 해가 지나자 딱 세 명이 나를 간절히 만나고 싶어 했다. 웬일인가 싶어 나름대로 흥분되고 긴장되었다. 그들이 나를 원한 것은 그들 각 보험회사의 가입자란에 나의 서명을 받아내기 위해서였다. 그때 한동안 우울증에 빠졌다. 나에 대해서 회의를 느끼고 반성을 했지만 그때뿐이었다. 그 세 명중 한 명이 교통사고로 세상을 등진 게 또 나를 살려준 은인이었다. 절망적인 우울증에 빠졌던 내가 친구의 장례식에서 삶의 의욕을 찾은 것이다. 열심히 살고자 중구난방으로 뛰더니 죽은 다음 처자식만 어이없이 남아버렸다. 그 처가 사실 미팅에서 종이쪽지 하나차이로 나와 엮었을지도 모를 팔자였음을 생각하니 아찔했다. 요즘엔 내가 결혼하지 못한 것이 얼마나 다행인지 모른다. 나 하나 입에 풀칠하기도 이토록 눈치 보이는 세상인데 결혼했다면 어쩔 뻔했을지 눈앞이 캄캄하다.

나는 집에서 엄마 아빠와 TV를, 특히 가족 드라마를 함께
보지 않는다. 괜히 재수 없게 가족구성원이 엮이는 장면에 걸
렸다간 엄마한테 또 끔찍한 봉변을 당하기 십상이다.

"으이그 이년의 팔자, 언제 며느리가 해주는 따뜻한 밥상
을 받아보려나."

엄마는 뭘 모른다. 요즘 며느리가 엄마가 생각하는 그런
며느리인줄 아나 보다. 그건 복권 당첨되듯 뽑기를 잘 했을
때나 해당되는 소리다. 친구들 중엔 오히려 나를 부러워하는
놈이 서넛 있는 눈치다. 아이? 흠 요즘엔 아이 없는 놈도 꽤
있다. 둘 중 누구 탓이든 같이 부부클리닉에 다니다가 목돈
쏟아 부어 혹 쌍둥이를 건지면 대박이지만, 헛돈으로 끝나는
경우도 있다. 그러다 보니 친구 같은 사이로 둘만 살면서 아
내가 맞벌이라도 하면 모를까 그냥 강아지처럼 집에서 기다
리는걸 보면, 사료 값을 벌려고 사나 싶기도 하단다. 게다가
나처럼 싱글이면 어떤 여자를 만나든 부담 없지만 아내가 있
으면 괜한 오해 받고 아침밥도 못 챙겨 먹는단다.

『주식투자 제대로 알고 하자』『펀드로 가는 길』『전국 주요
땅 아직 늦지 않았다』이 책들은 3주 연속 베스트셀러의 순위
에 올라있다. 나의 관심은 이런 게 아니다. 『해외이민, 남아

있는 미지의 땅』이라면 모를까. 한동안 동남아 이민에 솔깃했던 적이 있다. 나처럼 소심한 사람은 생각으로 끝난 일이지만 말이다. 국내 경제범들, 크게 한건하고 가족들에게 비밀리에 재산을 묻어둔 다음 본인은 한 삼 년 잡고 잠수 타는 이들이 주로 잘 간다는 동남아의 필리핀, 인도네시아와 마카오. 그런 곳은 나를 두렵게 한다. 나는 살인, 강도보다 사기꾼이 더 무섭다. 살인, 강도는 일단 한 방에 끝나지만 사기란 끝을 알 수 없기 때문이다. 어디까지 무너질지, 인간이 갈 데까지 갈 수 있는 곳이 어디일지 생각만 해도 오금이 저린다. 험악하고 살기가 번득이는 눈빛이 아니라 교묘하게 포장된 인자한 미소는 사람을 더 쉽게, 끝까지 무너뜨릴 수 있는 무기이다. 험악한 이들에게는 긴장하고 걸려들지 않으려 애쓰지만 순수한 표정과 자비로운 미소로 위장한 사기꾼은 미처 방어할 틈도 없이 나 같은 사람을 여지없이 무너뜨릴 것이다. 아니, 간악한 그들은 나처럼 돈 없는 백수는 처음부터 간파할테니 크게 염려할 건 없겠으나, 요즘은 신체포기각서로 장기도 탐내지 않던가. 등줄기가 서늘하다.

『쇼핑몰 초보자가 피해 갈길』, 이게 또 한동안 나의 아이콘이었다. 행여 갈수록 험악하고 천박해지는 엄마한테서 탈출할 기회가 되지 않을까 기대했지만 역시 나의 갈 길은 아

니었다. 누구나 여성의류, 남성의류, 액세서리가 비교적 다
가서기 쉬울 거라고 생각할 것이다. 우선 시장조사는 기본이
고 사진 찍을 장소, 배송지로 쓸 장소, 모델이 문제였다. 엄
마가 내게 과연 얼마를 줄 수 있을지도 의문이었다. 일단 오
피스텔이라도 하나 있으면 좋겠지만 거기에다 자금을 쏟아
부을 수는 없다. 불편하긴 해도 공동사무실은 어떨까 궁리해
보았다. 워낙 사회생활을 해본 경험이 없어서인지 사람에 대
한 분별이 서툴다. 그러다 보니 내게 잘해주는 사람은 좋은
사람, 쌀쌀맞거나 냉정한 사람은 나쁜 사람. 이렇게 밖에 기
준이 서지 않는다. 하지만 사업을 할 때는 진정한 사기꾼일
수록 더 상냥하고 친절하지 않을까라는 의구심이 또 내 발목
을 잡는다. 결국 수상해서 의심, 친절해서 더 의심 그러니 영
자신이 없다. 엄마에게 돈 얘기 안하길 잘했다. 하라고 쥐어
줘도 못하겠다. 그런 목돈은 아니라도 나의 하루살이 인생을
버티는데 있어서 적어도 절대적인, 최소한의 돈 얘기는 해야
한다. 돈 얘기 한번 할 때마다 욕 서너 바가지는 감수해야한
다. 그래도 그게 어디냐, 눈 질끈 감고 잠시 귓속이 얼얼해지
는 걸 참아내면 하루 일당이 떨어지는데. 모르는 남도 아니
고 어차피 엄마 아닌가. 내 후배 중엔 차라리 생판 모르는 남
한테 욕먹고 싸우는 게 낫지. 늙은 엄마랑 맞짱 뜰 수도 없

고 나이 먹어 야단맞는 건 죽을 만큼 싫다는 녀석이 있다. 녀석은 아직 젊어서 그렇다. 나이 사십이 넘어봐라. 하루 10시간 개처럼 일하고 받은 돈은 밥 먹고 파스사서 붙이고 쑤시는 부위에 마사지 한번 받으면 끝날 액수다. 척추 온전히 보전하고 무릎관절 성하려면 치사하지만 엄마한테 비비는 것처럼 만만한 게 없다.

교보문구에 들어서면 우선 내가 도는 코스가 있다. 뒷문으로 들어가 곧장 직진해서 우선 커피숍으로 간다. 엄마는 돈도 못 버는 놈이 무슨 놈의 커피냐고 투덜거린다. 그나마 집에는 커피믹스가 있지만 밖에 나가면 무조건 자판기커피 이외에는 마시지 말라고 한다. 그게 맘에 들지 않으면 차라리 커피믹스 탄 보온병을 들고 다니란다. 그렇지만 나는 교보문구에서의 시작을 아메리카노를 마시며 나름대로 호사를 즐긴다. 이건 내가 나에게 주는 선물이다. 이 정도의 호의를 베풀어 줘야 내 위신이 설 것만 같다. 가뜩이나 주눅 든 인생 이렇게라도 보상해 주고 싶다. 스타벅스 보통커피의 반값이면 큰 사치는 아닌 것 같다. 내가 갈 곳 없는 백수이긴 하지만 다른 백수들은 가능한 한 만나고 싶지 않다. 그들이 모일만한 곳은 최대한 피하고 싶다. 요즘은 교보문고도 예전 같지 않다. 내가 처음 교보문구를 드나들 때는 나 같은 사람들이 거의 없는 듯

했다. 그러나 몇 년 전부터 제법 지적인 분위기를 풍기는 백수들이 대거 등장하기 시작했다. 그들은 마치 지식인인양 행세했지만 난 그곳에서 이미 터득한 세월이 있었다. 이곳 부류의 특징은 결코 섞이지 않는 것이다. 보통 눈에 많이 띄고 부딪치다 보면 말도 걸게 마련이지만 여기는 절대 그래서는 안 되는 '예의'가 있다. 서로 건드리지 않고 관심을 꺼야한다. 교보문고 본점은 일단 공간이 넓기에 우리 집에서 가까운 고속터미널 지점보다 낯익은 사람들과 부딪칠 확률이 적다. 그래서 굳이 광화문까지 오게 된다. 이문세의 '광화문 연가'를 듣노라면 가슴이 싸해지면서 나의 이십대를 생각나게 한다.

지난 시절을 생각하면 왜 그악스런 엄마 모습만 선명하게 떠오르는지 모르겠다. 별로 예쁘지도 않은 얼굴에 키는 작고 다소 뚱뚱한 엄마는 유난히 목소리가 크다. 난 지금도 목소리 큰 사람은 누구라도 질색이다. 누군가 내게 큰 소리로 말하면 설령 그쪽은 아무 사심 없는 평범한 대화라고 해도 난 격한 폭력을 당한 것 같다. 그런 엄마를 아직 사랑하는 아빠가 대견하다. 하긴 엄마가 유일하게 정을 쏟는 사람은 아빠뿐이다. 둘은 천생연분이다.

항상 느끼는 일이지만 커피를 마시고 나면 뭔가 마신 값을 해야만 할 것 같다. 녹차나 다른 잎차를 마실 때는 그냥 여유

롭게 마시는 걸로 끝나지만 커피만큼은 반드시 대가를 치러야만 될 의무감을 강요당한다. 내가 십 대였을 때 엄마는 내가 커피를 마시면 꼭 마신만큼 공부하기를 요구했다. 카페인은 공부를 위해서 써야만 하는 성분임을 강조했다. 엄마가 마시는 커피의 카페인은 쉼을 위한 성분이란 말인가. 앞뒤가 맞지 않는 논리를 엄마는 그냥 들이댄다. 무작정 밀어붙이는 씨름선수처럼 엄마가 그은 선 밖으로 나를 내쳐버린다. 무방비 상태인 나는 팬티만 달랑 입고 어, 어 하는 사이에 금 밖에 밀려나와 아무 일도 없었다는 듯 희희낙락하는 엄마의 뒤통수를 멍하니 보고 또 보았다. 내가 선뜻 사람을 믿지 않고 경계하는 버릇은 엄마조차도 내편이 아닐 수 있다는 의심에서 비롯된 것이다.

커피를 마시고나면 외국어서적 쪽으로 저절로 발이 닿는다. 영어 쪽이 아닌 일본어코너로 서슴없이 다가가서 기껏 내가 보는 것은 『more』, 『seven』, 『FINE BOYS』 정도이다. 연예인들 얼굴을 변천사로 엮으면 나름대로의 특징이 있다. 얼굴에도 유행이 엄연히 존재한다. 내가 이성에 관심이 생기고 제일 먼저 호감을 가진 연예인은 일본의 아이돌 스타 마츠다 쉐이코였다. 한때는 그녀의 얼굴 사진을 찾아 명동 뒷골목인 예전 중국대사관 앞 좁은 길은 물론이고 서울역 앞 일대를 휩

쓸거나, 하다못해 청계천 헌 책방이 즐비한 곳을 헤매기도 했다. 그러나 그녀가 내게 준 것은 허접한 성적표와 하얀 요를 더럽혔다고 엄마한테 야단맞는 것뿐이었다. 동그란 얼굴에 오동통한 뺨, 살짝 삐져나온 덧니에 나는 정신이 몽롱할 지경이었다. 커버 걸로 등장한 『nonno』를 보면 얼른 속지를 살펴 쉐이코의 기사가 실렸는지를 찾았다. 그러나 사진만 보았지 까막눈으로 뭘 알아낼 수 없었다. 공부에 전혀 관심이 없던 내가 일본어 책을 펼쳐 들었다. 엄마는 또 닦달했다. 입시 학원을 찾아도 시원찮은 때에 일본어가 웬 말이냐는 것이었다. 일어일문학과를 가려면 그럴 수밖에 없다는 말에 악다구니는 잘 쓸지언정 지혜는 부족했던지 엄마는 그러냐 한마디 하더니 넘어가 주었다. 하긴 그 말이 영 틀린 건 아니다. 삼수 끝에 삼류 전문대 일본어과에 들어가긴 했으니까 말이다. 세월이 흘러, 화제가 됐던 그녀의 호화판 결혼과 이혼, 자신의 백댄서인 백인남성 무용수와의 추태가 연예기사에 오르내리자 그녀에 대한 환상은 깨졌다. 한동안 그녀에 대한 관심을 접었다. 몇 년이 지나 무심코 그 분야의 매대를 보았을 때는 이미 전혀 다른 느낌의 연예인들이 표지를 장식하고 있었다. 그들은 각진 광대뼈를 강조하고 뾰족한 턱 선을 드러내며 날카로운 눈빛으로 나를 보고 있었다. 중년의 은근하고 여유 있는 미소를 짓던 이시다 아유미는 어느새 초로의 할머니가 되어 마른 얼굴에, 선이 굵은 주름살이 거미줄같이 촘촘했다.

　일본서적 코너에는 유난히 문고판이 다양하다. 언젠가 TV 프로에서 일본 독자들이 퀼트로 만든 문고판 커버가 전시된 것을 본적이 있다. 그토록 하찮은 쪼가리 천으로 갖가지 디자인을 만들어내는 게 오히려 괴기스럽기까지 했다. 그에 비하면 각 서점의 로고가 찍힌 커버를 모은 것은 애교스러웠다. 그들의 집요함이 때로는 숨 막히게 답답하다. 그 집요한 국민성의 대표적 문학작품을 꼽으라면 난 서슴없이 아베 코보의 『모래의 여자』를 뽑아 올린다. 그 작품을 읽으며 나는 누군가 내 목을 끊임없이 졸라대는 것 같았다. 일본인들, 그들의 숨 막힘은 기모노의 폭 좁은 밑단으로부터 치밀어 오른다. 좁은 폭으로 인해 쫑쫑 걷는 병아리 같은 여인들의 걸음걸이를 보노라면 난 가위를 들고 옆 솔기를 쫙 타주고 싶어진다. 댐에서 수위조절을 위해 수문을 열듯, 그들의 숨 막힘이 한 순간에 해결 될 것 같다.

　대체 엄마, 아빠는 자식이라고는 하나뿐인 나에게 어떤 희망을 품었던 걸까. 나라는 녀석은 어릴 적부터 아예 싹수가

없었던 것일까. 어떻게 이런 꼬락서니밖에 안됐을까. 언젠가
는 기껏 아빠가 하던 중형마트에서 카운터나 봐야한단 말인
가. 누가 맡기기나 한대, 김칫국 마시고 있네, 복에 겨운 소
릴 해요. 물론 엄마의 말이다. 그러나 나 아니면 누가 맡나.
엄마 아빠는 일가친척을 거의 만나지 않는다. 명절도 내가 기
억하는 몇 십 년 동안 우리 셋이 지내왔다. 간혹 어디선가 전
화가 오거나, 누군가 찾아왔던 기억은 있으나 그때뿐이었다.
엄마 아빠는 마음을 단단히 걸어 잠그고 그 둘만 해당되는 시
공간에 거주했다. 어찌 보면 나도 그들에겐 자식이 아닌 떨거
지 일 수 있다. 엄마 아빠는 내게 뭐가 먹고 싶은지, 뭐가 갖
고 싶은지 묻지 않았다. 모든 건 그들의 기호에 따라 이루어
졌다. 난 그저 그 중간쯤에서 잉여의 산물을 조금 나눠가졌을
뿐이다. 별로 표시나지 않을 만큼만. 엄마 아빠와 저녁식사를
하고, 어쩌다 TV를 볼 때면 난 TV 옆에 있는 사기로 만든 하
얀 고양이 한 마리 같았다. 그러다가 문득 그들이 산책을 나
가면 난 덩그러니 앉아 스포츠 뉴스를 본다. 이어서 아무런
감흥과 호기심이 일지 않는 아줌마 전문의 불륜 드라마를 무
표정한 눈으로 보았다. 엄마 아빠는 내게 함께 가자고 하지
않았다. 물론 나도 따라 나가지 않았다. 그렇게 지낸 시간은
아무리 오래 되도 결코 정을 쌓지 않는다. 언젠가 우리 집에

가끔 오던 엄마친구가 중매를 서려고 했다. 엄마는 시큰둥했다. 그리고 얼마 지나지 않아 그 아주머니를 다시는 볼 수 없었다.

　　아메리카노의 카페인 성분은 너무 약하다. 나는 역시 자판기커피나 커피믹스 체질이다. 그 정도의 농도는 되어야 마신 것 같다. 일단 우아하게 시작한 아메리카노의 약발이 떨어질 무렵이면 화장실에서 커피믹스 세 봉지를 보온병에 털어 넣는다. 화장실 앞 정수기에서 뜨거운 물로 채운 보온병은 하루 종일 나의 애완견이 된다. 수시로 쓰다듬고 흔들고 마셔주고를 반복한다. 남이 보면 보약인줄 알 것이다. 엄마가 이토록 나를 애지중지 했다면 내 인생이 지금과 달라졌을까. 아니 어쩌면 더 나약한 엄살쟁이가 됐을지 모른다. 적어도 마음만은 풍요로운. 슬슬 배가 고파진다. 오전에 아메리카노를 마셨던 스낵바에서 파스타를 주문한다. 만약 카레가 있었다면 서슴없이 그걸 택했을 것이다. 파스타 접시 옆에 달랑 포크 하나, 썰렁하다. 정통 이탈리안 레스토랑에서는 분명 숟가락이 나오는 걸로 알고 있다. 포크 하나는 너무 썰렁하다. 숟가락이나 혹은 필요 없는 나이프라도 옆에 있었으면 좋겠다는 쓸데없는 생각을 해본다. 파스타를 젓가락으로 먹으면 불편할까.

젓가락으로 면을 건져먹고 숟가락으로 소스를 퍼먹는다면 이상할까. 역시 나에게는 너무 적은 양이다. 파스타는 왜 곱빼기가 없을까. 그러고 보니 곱빼기는 자장, 짬뽕에만 있다. 역시 중국인의 상업성은 뛰어나다.

몇 년 전 학교 선배가 중국으로 건너가며 같이 가자고, 아는 형이 공장장이라고 꼬셨던 적이 있다. 아빠는 늘 하던 대로 시큰둥하게 알아서 하라고 했고 엄마는 결사 반대였다. 못된 중국인들이 한국인을 집중적으로 노린다고, 돈 털리고 목숨 잃는다는 것이었다. 중국엔 자장면이 없단다, 짜샤. 하며 자장 곱빼기를 게걸스레 먹어대던 선배는 지금쯤 뭘 할까 궁금하다. 다 먹고 보니 소스 색깔이 별로다. 접시를 건네주고 나오려는데 투명비닐에 낱개 포장된 핸드메이드 쿠키가 눈길을 끈다. 한 개에 거금 천 원이다. 그 돈이면 우리 마트에서 비스킷 두 봉지는 먹을 수 있을 텐데. 달랑 하나가 그 값이라니. 돌아서서 주머니에 손을 넣고 나오려는데 동전이 잡힌다. 오백 원짜리 두 개다. 돌아서서 쿠키 한 개를 샀다.

우리 집에 가스오븐을 들여놓은 지 석 달쯤 됐을까. 엄마는 워낙 요리를 못하고, 다행히 즐기지 않는 터라 오븐 속은 비닐이 들어 있는 채 취사용만 쓰고 있었다. 인터넷 서핑을 하다가 핸드메이드 쇼핑 몰에서 양초, 니트 제품, 액세서리와 함께 쿠키가 예쁘게 포장된 것을 보았다. 우리 집에 쿠키 만드는 기구가 없는 것은 당연했다. 내가 제일 먼저 산 것은 그저 넓은 오븐용 쟁반뿐이었다. 그리고 제일 먼저 만든 것은 똥 모양의 비스킷이었다. 당연한 순서대로 엄마한테 욕 한 바가지를 먹었다. 정 만들고 싶으면 차라리 제과학원에 정식으로 다녀서 자격증 따고 취직을 해보라는 것이다. 나는 나를 잘 안다. 그랬다간 내가 만들고 내가 다 먹어 치울 것이다. 그 다음부터 지금껏 우리 집 오븐은 아무도 사용하지 않고 있다. 엄마는 오븐 사용법을 모른다. 아니 모든 기계의 사용법을 모른다. 기계치인 엄마는 아주 사소한 거라도 기계의 조작법이 나오면 쉽게 포기해 버린다. 그쪽으로는 도통 머리가 따라 주지 않는가 보다. 세탁기 사용법도, DVD사용법도 엄마는 아무리 해도 전혀 터득하지 못한다. 그저 on, off 으로 해결되지 않으면 아빠나 내가 나서야 한다. 엄마는 집에 혼자 있는 시간이 별로 없다. 집안일은 아빠가 있을 때만 한다. 그 외의 시간은 무얼 하는지 모르겠다. 엄마는 아빠가 일하는 마트에 가는 것도 아니다. 아빠가 싫어하는 거 못지않게 일꾼들은 엄마가 나타나면 질색 한다. 가끔 내 인생을 생각하면 한숨이 나오는데 엄마는 엄마의 인생에 대해 어떻게 생각하는지 궁금하다. 하긴 그런 엄마랑 사는 아빠도 있는데.

감색 투피스를 입은 여직원들은 매일 봐도, 마치 흑인 얼굴이 다 비슷해 보이듯이 그 여자가 그 여자 같다. 그 여직원들이 나를 볼 때도 그 남자가 그 남자 같이 눈에 띄지 않았으면 좋겠다. 사람의 기억에 남지 않으려면 보편적인 분위기를 갖는 게 유리할 텐데 나는 우선 이 뚱뚱한 몸이 눈에 거슬린다. 키 175cm에 90kg이면 좀 과해 보인다. 오 년 전에는 이렇게 배가 나오지 않았다. 그때는 75kg이었으니 엄청 불어난 셈이다. 날마다의 일상이 너무나 변함없다는 스트레스가 살찌는데 한 몫을 했다. 아니 외로움이 이렇게 만들었을 것이다. 마음이 외로운 사람은 본능적으로 끊임없이 당분을 탐한다고 하지 않던가. 그때만 해도 인생이 이렇게 비관적이지는 않았다. 예나 지금이나 별로 좋지 않은 일은 쉽게 덮어버리는 게 나의 특기다. 언뜻 스트레스를 받지 않는 체질이라고 보일 수 있겠지만 보이는 게 전부는 아니다. 나 스스로 잊었다고 최면을 걸어도 일시적일뿐 있던 일이 사라질 수는 없는 법이다. 잊은 듯 가장하고 사는 것이 더 고문일 수 있다. 그때는 아빠가 부동산 중개업을 하던 때라 내가 자격증을 따서 그 사무실에 나오면 어떻겠냐고 했었다.

나 같은 꼴통이 시험 대비를 한다는 건 꿈같은 얘기다. 아빠도 내가 그 얘기를 받아들일 거라고 예상한 건 아닌 눈치여서 부담은 없었다. 아빠의 부동산 사무실이 있는 3층 건물이 아빠 여동생인 고모의 것인지 그 당시에는 몰랐다. 고모가 교통사고로 죽고 보상금과 건물을 처분하는 과정에서 뭔가 감이 왔다. 아빠의 부동산 사무실에 들어서자 낯선 변호사가 나를 맞았다. 아빠는 엉거주춤 종이컵에 정수기 물을 따르고 있었다. 변호사가 내민 서너 장의 서류에 전부 내 이름이 적혀 있었다. 그의 지시대로 사인을 하기 전 아빠얼굴을 쳐다보았다. 아빠는 우물쭈물 내 시선을 피했다. 그리고 몇 달이 지나서 마트를 오픈 했다.

꼽추로 생을 마친 고모가 나의 생모라고 아무도 말하지 않았다. 나 역시 묻지 않았다. 엄마 아빠는 둘만의 삶을 살아온 건지 모른다. 내가 기억하는 한 두 사람은 여행을 간 적이 없다. 운동을 안하는 건 물론이고 흔한 찜질방에도 가지 않는다. 엄마 아빠는 좀 뚱뚱하긴 하나 아프지는 않다. 나는 이제라도 체중조절을 해야 하는 데 엄마는 그 문제만큼은 관대하다. 엄마 아빠는 외식을 하지 않는다. 아빠는 늘 집에서 싸간 도시락으로 끼니를 해결한다. 그건 부동산 중개업을 할 때부터였다. 엄마는 부동산 사무실에 자주 가는 편이었다. 명분은 도시락 배달이었지만 사실은 아빠를 감시하는 눈치였다. 다달이 일정액이 아닌 부동산 수수료는 고무줄처럼 탄력이 생기게 마련이었다. 매매건수는 현장을 놓치면 굳이 장부를 보지 않고서는 알 수 없는 일이었다. 차마 노골적으로 장부를 보지는 못하고 대충 드나들다보면 건수의 조짐을 감으로 알아차리는 것이다. 부동산 거래란 다른 일과 달라서 사람의 마음이 수시로 변하기 마련이었다. 액수도 액수려니와 집집마다 분위기라는 것이 있어서 아무리 가격이 싸다고 해서 일이 성사되는 건 아니었다. 엄마는 간혹 망설이는 구매자의 심리를 눈치껏 자극한다. 그 집 주인이 떼돈을 벌었다던가, 그 집 자녀가 어느 일류대에 수석으로 합격했다거나 하는 귀띔은 가격 몇 천에 버금가는 약발이 먹혔다. 앞 뒤 꼭 막힌 아빠는 그럴 때면 먼 산 바라보듯 딴청을 부렸다. 간사한 느낌마저 드는 엄마의 말장난에 결코 장단 따위를 맞추는 위인은 아니다. 더러는 마음 약한 아빠가 수수료 문제에 부딪쳐 궁지에 몰릴 때가 있다. 아무리 좋은 조건에 거래가 되어도 수수료 문제가 나올 때면 사고 판 양쪽 고객의 표정은 싸늘해졌다. 큰 덩어리에서는 몇 백 단위로 애기가 오가다가 수수료에서는 만원 단위에서도 양보하지 않았다. 엄마가 그 자리에 있다면 문제는 간단히 해결되었다. 엄마는 돈 문제만큼은 강한 카리스마가 있었다. 제 아무리 잘난 그 누구라도 엄마의 밀어붙이기에서 결코 이길 수는 없었다. 더구나 아빠처럼 단순한 부동산 거래만이 아닌, 이삿짐 들고나는 과정에 필수요건인 이삿짐센터와 인테리어 업자의 알선을 들이대서 업자로부터 중간 수수료를 잽싸게 받아 챙겼다. 그 부분에 아빠는 전혀 나서지 않았다. 아니 아예 엄마만의 몫이었다. 엄마는 집을 팔고 나가는 사람에게는 냉정했지만 일단 이사 들어오는 사람에게는 애프터서비스까지 철저했다. 예를 들면 우리 동네의 맛있는 식당이며 좋은 마트, 또 목욕탕과 미용실의 가격과 서비스 정도, 학구열이 있어 보이는 부모에게는 유명 강사진이 포진해 있는 학원까지 상세히 알려주었다.

아빠가 부동산 사무실을 청산할 때 엄마는 무척 아쉬워했다. 무엇보다 엄마의 수입처가 거덜 나는 판이었다. 그런 부동산 사무실을 왜 굳이 정리한 건지 지금도 잘 모르겠다. 작은 사무실 한 칸 보다 일단 평수 면에서 몇 배에 달하는 마트가 속이 트여서인지 아니면, 역시 모르겠다. 엄마는 마트로 변경된 아빠의 일터에 한동안 기웃거리며 나름대로의 수입원을 모색했던 것 같다. 그러나 현찰이 오가는 데다 직원이 여럿 있다 보니 그들의 눈에는 엄마가 마치 자기들을 감시한다고 느꼈나 보다. 그들의 말없는 불만이 서서히 나타나자 아빠는 엄마를 살살 달래기 시작했다. 물론 그냥은 결코 단념 시킬 수 없었을 것이다. 얼마에 낙찰 되었는지 모르지만 엄마는 분에 차는 액수가 아니면 동의하지 않았을 테니, 지금 엄마의 쌈짓돈은 만만찮을 것이다. 그래서 나는 비록 엄마에게 욕을 바가지로 먹긴 하지만 충분히 감수하며 엄마의 주머니에 미련을 버리지 않는다. 요즘에는 내가 엄마의 욕을 들어주며 용돈을 타 가는 게 일종의 효도의 방식이 아닐까 생각할 정도다. 엄마가 알게 모르게 그런 순간을 즐기는 것 같기 때문이다. 내가 만약 아빠에게만 점잖게 용돈을 받아가며 엄마의 용돈을 포기한다면 엄마는 무척 섭섭할 것이다. 어쩌면 삶의 즐거움을 빼앗는 건 아닐까라는 생각마저 들 지경이다. 어찌 보면 그렇게 단순한 엄마가 왜 나를 결혼시키려고 하지 않는 것인지 거기에 생각이 미치면 그 다음 생각은 깜깜해진다. 손자 하나 둘 무릎에 앉히고 싶은 생각은 본능이 아닐까.

아빠 엄마는 다른 친척들은 만나지 않아도 꼽추였던 고모는 꽤 만났던 것 같다. 내 평생 고모를 만났던 기억은 서너 번이 전부였다. 고모가 중요한 결정을 할 때 아빠만 찾았다는 건 고모의 장례식에서 알 수 있었다. 그런데 고모가 죽고 난 뒤 내가 찍었던 도장들, 그 서류들은 다 무엇이었을까.

예나 지금이나 나는 세상살이에 너무 둔감하다. 트이질 못했다. 무슨 일이든 터지고 해결되고 나서야 생각하고 판단하게 된다. 이런 나를 잘 알기 때문에 엄마는 너 한 몸이나 잘 처신하라고, 언감생심 결혼은 꿈도 꾸지 않는 것인가.

장르 별로 다닥다닥 붙어 있는 통로는 너무 좁다. 넓은 통로는 액세서리 매대가 줄지어 있고 직원이 아닌 아르바이트생들이 호객행위를 한다. 서점 안에서의 호객행위는 낯설다. 서점 안에서 다소 산만한 이런 매매행위가 다른 나라에서는 어느 정도나 가능한 일일까. 서점에 간다는 게 예전에는 책을, 책에 의한, 책에 관한 일이라고만 생각했다. 요즘은 문구, 액세서리는 물론 전자제품, 가방 하물며 두뇌활동에 좋다는 다크 초콜릿까지 판매할 정도로 영역이 넓혀져 있다. 넓적한 야광 판매대가 눈길을 끈다. 핸드폰 줄이 덜렁이며 유혹한다. 하나하나 만져본다. 감촉이 폭신하다. 유감스럽게도 커플용이다. 굳이 내가 하나를 삼으로써 하나를 외롭게 하고 싶지 않다. 쑥스럽게 두 개를 산다. 주머니나 배낭 속으로 새로 산 물건이 들어가 본지 얼마만인가. 참으로 비루한 생활이다. 자고로 소비하지 않는 인간은 사회가 필요로 하지 않고 인정해 주지 않는 사회다. 사소해도 이런 물건이나마 사야 감사하다는 형식적인 인사말을 듣는다. 아니 나야말로 교보문고를 나설 때 감사하다며 고개를 숙여야 될 것 같다. 오늘도 이렇게 무료한 하루를 즐거이 유익하게 보낼 수 있도록 연중무휴로 입장료도 받지 않고 연령제한, 남녀차별 없이 여름이면 에어컨, 겨울이면 온풍으로 알맞은 적정온도를 유지해 주신 데에 무한한 감사의 인사를 올립니다, 라는. 연중무휴가 제일 입맛에 맞는 달콤한 유혹이다. 24시 편의점도 물건이 좋거나 싸지는 않지만 일단 시간에 구애받지 않고 휴일이 없다는 장점으로 각광을 받고 있는 게 아닐까. 이렇게 오늘도 무사히 하루 일정을 마쳤다. 돌아서는 발길은 커플 핸드폰 줄로 인해 뿌듯한 소비자의 권위마저 살짝 느낀다. 나올 때는 늘 나선형 계단 쪽이다. 계단을 다 올라와서 양쪽으로 노벨문학상 수상자의 오래된 흑백사진을 바라보아야만 하루를 깔끔하게 마무리한 기분이다. 결국 인간은 모두 죽지만 죽은 뒤에 이렇게 대양을 넘어서까지 자신의 사진이 걸리는 영광스런 사람이 있는 반면, 같은 이웃에 몇 십 년을 살아도 누구인지 아무도 알아주는 이 없이 세상을 떠나는 이들이 있다고 굳이 상기시키며 자신의 삶을 새롭게 조명하고 다져보는 것이다. 여기서 계속 걸어서 시청을 지나 서울역으로 남영동, 용산역을 지나쳐서 한강대교를 건

너고 노량진역을 거쳐 대방동 해군사관학교 앞길로 해서 신길동으로 접어들려면 몇 시간이 걸릴까. 생각을 접고 세종문화회관 앞에서 버스를 탄다. 나는 왜 직장인이 아닌데도 굳이 돌아갈 때 퇴근시간에 맞물려 가장 복잡한 시간을 택하는지 모르겠다. 마치 내가 열심히 하루 일을 끝내고 돌아가는 샐러리맨을 흉내 내는 게 아닐까. 엄마가 아무리 동네 쪽 팔리느니, 숨고 싶다느니 해도 어차피 동네에선 내가 우리 엄마 아들이라는 사실을, 거기다 백수라는 걸 모두 알고 있다. 구태여 아닌 척 티내는 게 더 웃기는 줄 알면서도 날마다 집에 가는 시간이 이토록 비슷할 수가 없다. 마치 제시간이 되면 자동으로 울리는 센서가 나의 머릿속에서 작동하는 거 같다. 엄마는 나를 보면 으이그 저 웬수, 가 인사말이다. 그러나 내가 제시간에 안 들어가면 동네 어귀를 서성거릴 것임을 의심하지 않는다. 바지 주머니 속에 손을 넣었다. 오른손에 포장지가 잡힌다. 엄마 아빠 핸드폰에 하나씩 달아 주어야겠다. 어차피 나에겐 쓸모가 없다. 나는 날마다 비비빅 먹고 단팥빵 먹으며 하루, 일 년, 십 년…. 그러다 보면 부모님은 연로해서 돌아가실 테고 아빠가 남긴 마트는 정리해서 은행에 정기예금 넣고, 그 이자로 그저 비비빅 먹고 단팥빵 먹고 커피믹스 마시며 그때까지 필시 없어지지 않을, 아니

오히려 지점이 더 늘어날 교보문고나 다니면서 여생을 보낼
것이다.

오히려 지점이 더 늘어날 교보문고나 다니면서 여생을 보낼

녹색 칼국수

초판인쇄일 | 2010년 12월 17일
초판발행일 | 2010년 12월 24일

지은이 | 김영민
펴낸곳 | 도서출판 황금알
펴낸이 | 金永馥
주간 | 김영탁
디자인실장 | 조경숙
편집 | 칼라박스
인쇄제작 | 칼라박스
주 소 | 110-510 서울시 종로구 동숭동 201-14 청기와빌라2차 104호
물류센타(직송 · 반품) | 100-272 서울시 중구 필동2가 124-6 1F
전 화 | 02) 2275-9171
팩 스 | 02) 2275-9172
이메일 | tibet21@hanmail.net
홈페이지 | http://goldegg21.com
출판등록 | 2003년 03월 26일 (제300-2003-230호)

값 12,000원

ISBN 978-89-91601-91-8-03810